KB147470

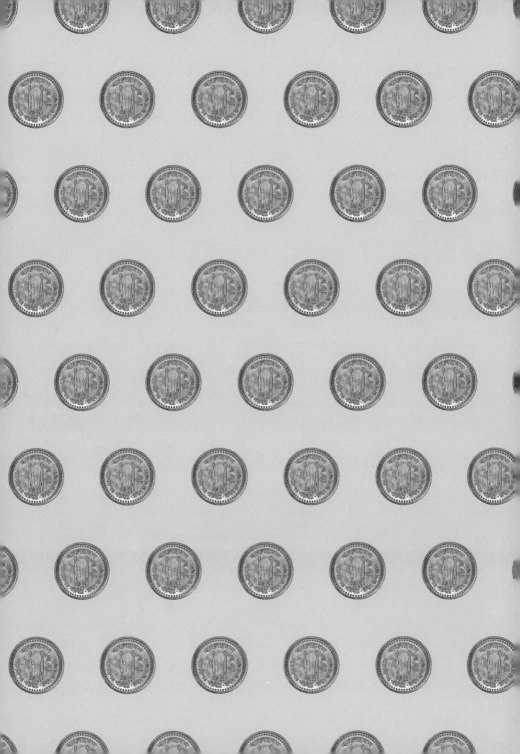

희망을 나누어 주는 은행가, 유누스

글쓴이 박선민

강원도 춘천에서 출생. 서울예술대학 문예창작과를 졸업했습니다.
KBS 〈행복채널〉, SBS월드컵특집 〈영광과 좌절의 순간들〉, EBS 〈똘레랑스〉, 〈학교현
장보고〉, 〈일과 사람들〉 등 주로 교양프로그램과 다큐멘터리를 종횡무진하며 방송작
가로 활동했습니다. 특히 EBS 프로그램을 통해 아이들의 성장과 발달에 많은 관심을
가지게 되었습니다. 현재 동화 쓰기에 심혈을 기울이고 있으며, 다양한 글쓰기를 통해
세상과 따뜻한 소통의 끈을 이어나가고 있습니다.

그린이 이기훈

충북 제천에서 출생. 일러스트를 전공한 후에 다양한 작품을 선보인 바 있습니다. 꼼
꼼하게 작업하기로 정평이 나 있는 선생님은 부드러운 선들이 만들어 내는 인물묘사
가 뛰어나다는 평가를 받습니다. 작품으로는 『오바마 대통령의 꿈』, 『영원한 어린이의
친구 안데르센』이 있습니다. 현재 유아들을 위한 그림책 작업을 구상하고 있습니다.

꿈을 주는
현대인물선
4

희망을 나누어 주는
은행가, 유누스

박선민 글 | 이기훈 그림

리젬

차 례

세상에는 그 사람의 존재감만으로도 많은 이들에게 힘이 되어주는 훌륭한 사람들이 있습니다. 그들은 남들이 불가능하다고 했을 때 과감히 자신의 세계에 뛰어들어 도전했고 위기나 고난을 기회로 만들었습니다. 그래서 그들에게는 인간이 본받아야 할 따뜻한 가치들이 보석처럼 빛나고 있는 듯합니다.

이번에 책으로 출간하게 된 무하마드 유누스 총재도 그런 사람 중 한 사람입니다. '가난한 사람들'을 '그저 가난한 사람'이라는 특정집단이라고 이해하는 것이 아니라 가난한 사람들 스스로 자립할 수 있도록 기회를 주고, 묵묵히 지켜보는 자비로움에 깊은 감명을 받았습니다. 또 가난한 사람들이 계속 가난하게 살 수밖에 없는 건 그들이 처한 불우한 환경 탓만이 아니라 제도 때문이라고 생각하고, 은행제도권 안으로 직접 들어가 '마이크로크레딧(무담보 소액대출)'이라는 프로그램을 과감히 시도했습니다.

지금도 대부분의 개발도상국가나 빈곤 국가들은 원

조국가로부터 지원을 받을 수밖에 없는 게 현실입니다. 하지만 진정으로 빈곤층을 위한 제도 한 가지만 있으면 빈곤의 고리를 끊을 수도 있습니다. 그 사례는 최근 우리나라를 보면 알 수 있습니다. 한국전쟁이후 우리나라는 다른 나라로부터 원조를 많이 받던 나라 중 하나였습니다. 그런데 최근에는 유엔(UN) 역사상 최초로 원조를 받던 나라에서 원조를 주는 나라로 공식 인정을 받았습니다. 그렇기 때문에 지난 40여 년간 우리나라에서 원조사업을 벌여왔던 유엔계발계획사무소도 2009년 12월 29일에 문을 닫았습니다.

이는 바로 자생력 있는 제도와 시스템이 사회적으로 잘 자리 잡으면 빈곤을 끊을 수 있는 계기가 될 수 있다는 것을 말합니다. 〈그라민은행〉의 정신도 바로 그런 이유에서 출발했다고 생각합니다.

어느 날 방글라데시의 작은 마을에서 시작된 '가난한 사람을 위한 은행'은 이제 한 나라에만 국한된 문제가 아니라 전 세계 사람들에게 '가난은 언제든 극복할 수 있다'고 희망의 메시지를 전해주고 있습

니다.

　유누스 총재는 노벨평화상 수상 소감에서 "테러리즘은 빈곤에 뿌리를 두고 있으며 결코 군사적 방법으로 척결할 수 없다."고 말했습니다. 가난한 사람을 구제하느냐, 마느냐에 따라 국가적 운명도 함께 가져갈 수밖에 없다는 뜻입니다.

　편견을 깰 수 있는 용기와 불굴의 의지가 없었다면 오늘날 〈그라민 은행〉은 전 세계적으로 깊게 뿌리내리지 못했을 겁니다.

　여러분들도 어려운 현실이 눈앞에 닥치더라도 절망할 필요는 없습니다.

　세상의 모든 위인들은 어려운 시기를 기회로 만들고 세상의 편견에 맞서 용감히 자신의 길을 걸어간 사람들이었으니까요.

　이 책을 읽고 나서 '가난' 에 대한 스스로의 편견을 깨는 계기가 되어 주었으면 합니다. 또 비록 지금 내가 힘든 현실에 놓여 있다 하더라도 '유누스 총재의 정신' 이 세상의 편견에 맞서 자신의 꿈을 펼쳐나가는데 한 가닥 희망이 되었으면 하는 바람입니다.

2010년 1월 박선민

> 우리 은행에서 돈을 빌리기 위해서는
> 가난하다는 것만 증명하면 됩니다.
>
> -유누스

나오는 사람들

무하마드 유누스

방글라데시의 경제학자로 가난한 사람들을 위해
〈그라민 은행〉을 설립했습니다.
2006년에 유누스는 그라민 은행과 공동으로
노벨평화상을 수상했습니다.

압둘라

어린 시절에 단짝이었던 친구. 어린 유누스에게 가난에 대해
처음으로 고민하게 한 사건의 주인공입니다.

아버지

보석 세공사로 일하며 독실한 이슬람 신도로
자식들의 교육에 엄격했던 분입니다.

어머니

여린 마음을 가졌지만 한번 결심한 일은
꼭 해내는 의지가 강한 분입니다.

방글라데시 지도

친구를 위해 보석을 훔치다

"나는 가난한 사람들을 무작정 돕는다는 게
얼마나 위험한 생각인지 몰랐습니다.
남을 도울 때는 그 어느 때보다도
이성적이고 합리적어야 합니다."

1940년 6월 28일, 무하마드 유누스는 방글라데시아의 바투아에서 보석 세공사인 아버지 둘라미아와 어머니 소피아 카툰 사이에서 열네 남매 중 셋째 아들로 태어났다.

아버지는 보석상을 운영하는 사업가이자 독실한 이슬람 신도로 자식들의 교육에 특히 엄격했다. 어머니는 마음이 여렸지만 한번 결심한 일은 반드시 해내고야 마는 의지가 강한 여성이었다. 유누스는 어려서부터 누나와 형들 사이에서 사랑을 듬뿍 받고 자랐다. 그래서 이해심이 많고 남을 배려할 줄 알았다.

방글라데시 남동부에 위치한 거대한 항구도시인 치타공. 세계에서 비가 가장 많이 오는 곳으로도 유명하다.

유누스는 이곳에서 어린 시절을 보냈다. 하루에도 수십 척의 배가 정박했다가 떠나는 곳……. 배가 항구로 들어올 때마다 유누스가 뛰어놀던 선착장에는 태어나 처음 보는 진귀한 물건들이 가득 쏟아졌다. 치타공의 복서핫 거리에 위치한 유누스의 집은 부둣가에서 제법 떨어진 도심 한복판에 있었다.

치타공의 바닷바람을 맞으며 훌쩍 자란 유누스는 어느덧 여덟 살이 되었다. 여름 햇살이 뜨겁던 어느 날, 유누스는 둘째 형인 살람과 방에 누워 복서핫 거리를 벗어나면 뭐가 있을지를 놓고 한참 이야기 중이었다.

"부둣가에서만 노는 건 재미없어. 오늘은 기필코 복서핫 거리 건너편을 가볼 거야."

"유누스, 너 그러다 아버지한테 혼난다."

그때였다.

계단을 오르는 묵직한 아버지의 발걸음 소리가 들렸다. 유누스와 살람 형은 벌떡 일어나 언제 그랬냐는 듯이 숙제를 하는 척했다. 잠시 후 방문이 열리고 한쪽 팔에 이슬람 경전인 '코란'을 들고, 터번*을 쓴 아버지가 두 아들을 보고 흐뭇해하며 말했다.

"열심히 공부하고 있었구나. 뭐든 배워야 훌륭한 사람이 될 수 있다."

아버지는 유누스와 살람 형이 공부하는 걸 확인하고 이슬람 사원으로 기도를 하러 갔다. 창밖으로 아버지가 골목 끝까지 사라지는 걸 확인한 형제는 누가 먼저랄 것도 없이 외출 준비를 했다.

복서핫 거리를 지나 삼십여 분이 지나자 낯선 풍경과 함께 쾌쾌한 냄새가 진동했다. 집에서 얼마 안 떨어진 거리였지만 동네 분위기가 완전히 달랐다. 온전한 집이라고 볼 수 없는 판자촌들이 줄지어 서 있었다. 주변에는 어린아이들이 허기진 표정으로 형제를 신기한 듯 바라보고 있었다. 무엇

---

* **터번** 이슬람교를 믿는 남자들이 사용하는 머리 장식입니다.

보다 유누스의 집 지하실에서 나던 고약한 냄새가 좀처럼 가시지 않았다.

"아우, 이게 대체 무슨 냄새야?"

유누스는 걸어가다 그만 한 손으로 코를 틀어막고 말했다. 살람 형도 괴롭긴 마찬가지였다. 어디선가 말로만 들었던 가난한 사람들의 마을인 것 같았다. 유누스는 복서핫 거리와 가까운 곳에 이런 마을이 있다는 게 너무 이상했다. 이곳에 와보니 유누스의 집은 궁궐처럼 호화롭게 느껴졌다.

갑자기 주변이 시끄러워졌다. 험상궂게 생긴 덩치 큰 아저씨들이 허름한 대문을 부수고 들어가 여자아이와 붉은색 사리*를 입은 여자를 집 밖으로 끌고 나왔다. 유누스 또래쯤 되어 보이는 한 소년이 사내들 팔에 매달려 애원하면서 울부짖었다.

"아저씨! 제발 우리 엄마와 여동생 좀 놓아주세요. 돈은 제가 열심히 일해서 꼭 갚을게요."

그러자 덩치 큰 아저씨가 소년에게 소리쳤다.

＊ **사리** 인도·파키스탄 등에서 힌두교도 성인 여성들이 허리와 어깨를 감고 남은 부분으로 머리를 싸는 무명이나 명주천입니다.

"널 뭘 보고 믿어? 네 부모도 십 년째 못 갚은 빚을 어린 네가 어떻게 사흘 안에 갚겠다는 거야?"

유누스는 천천히 그들 쪽으로 다가갔다. 겁이 많은 살람 형은 멀리 떨어져 유누스의 뒤를 따랐다.

그런데 가까이 가 보니 아저씨들에게 매달려 울고 있는 소년의 얼굴이 어디선가 본 듯 했다. 그 소년은 지난해 유누스가 깡패들한테 혼나고 있을 때 지켜줬던 친구 압둘라였다. 둘은 그날 이후로 단짝이 되었다. 하지만 유누스는 언제부턴가 압둘라를 학교에서 만날 수 없었다. 압둘라가 학교에 나오지 않기 때문이었다.

'압둘라를 여기서 만나게 될 줄이야……'

유누스는 압둘라를 다시 만난 것만으로도 너무 반가웠다. 그리고 압둘라가 자신을 깡패들로부터 구해 줬던 것처럼 자신도 압둘라를 구해 줘야겠다고 생각했다. 살람 형이 막아 서기도 전에 유누스는 이미 덩치 큰 아저씨들 앞에 서 있었다.

"잠깐만요, 할 말이 있어요!"

압둘라를 윽박지르던 아저씨들은 갑작스런 유누스의 등

장에 어리둥절했다. 압둘라도 고개를 들어 유누스를 쳐다봤다. 그리고 금방 유누스를 알아봤다. 압둘라의 얼굴에는 놀랍고도 반가워하는 표정이 스쳤지만 곧 부끄러운 듯 고개를 숙였다.

유누스도 당황하기는 마찬가지였다. 막상 아저씨들과 압둘라의 싸움에 끼어들기는 했지만 어디서부터 어떻게 말해야 할지 몰랐다. 이렇게 험상궂고 덩치 큰 아저씨들에게 말을 걸어 보기는 태어나서 처음이었다. 유누스는 떨리는 목소리를 최대한 누르고 천천히 또박또박 이야기했다.

"그 돈 제가 대신 갚아 줄게요. 얼마면 되죠?"

그러자 한 아저씨가 유누스를 쳐다보며 말했다.

"네가 뭔데 이 아이의 빚을 대신 갚아 준다는 거냐?"

유누스는 사내의 말에 잠시 당황했지만 이럴수록 더욱 의연하게 행동해야 한다고 생각했다.

"이 아이는 제 친구 압둘라예요."

압둘라는 유누스가 아저씨들 앞에서 당당히 자신을 친구라고 밝히자 혹시 유누스에게 해가 미치는 것 아닌지 두려웠다. 아저씨들은 유누스의 입에서 튀어나온 '친구'란 말에

코웃음을 쳤다.

"가만 있자, 그러고 보니 넌 저 윗동네 보석상집 아들이구나! 그런데 네 아버지는 아들이 아무 일에나 끼어드는지 아시냐? 돈 자랑 그만하고 집으로 돌아가!"

하지만 유누스는 아저씨들의 말에는 아랑곳하지 않은 채 목소리를 높여 다시 물었다.

"얼마냐고요?"

덩치 큰 아저씨는 그런 유누스를 보고 어이없다는 듯 크게 웃었다.

"어린 네가 갚기에는 상상할 수도 없이 큰돈이야."

"그건 걱정하지 말고 얼마인지만 알려 주세요. 제가 갚을 테니……."

유누스가 고집스럽게 묻자, 그동안 잠자코 있던 또 다른 아저씨가 입을 열었다.

"좋다. 정 그렇다면 알려 주마. 500타카*다. 대신 사흘 안에 못 갚을 땐 네가 아니라 네 아버지에게 직접 찾아가 두 배로 받아 낼 테니 그리 알거라!"

* **타카** 방글라데시의 화폐 단위이며, 1타카는 약 17원입니다.

당시 방글라데시에서 500타카는 서민 가정에서 일 년 동안 생활비로 쓰고 남을 만큼 큰돈이었다.

아저씨들은 곧바로 유누스에게 '사흘 안에 500타카를 갚는다'는 내용의 차용증을 써 줬다. 그리고 유누스와 압둘라를 번갈아 쳐다본 뒤 휘파람을 불며 사라졌다. 압둘라는 자기 때문에 유누스가 곤경에 빠질지도 모른다는 생각에 걱정이 앞섰다.

"유누스, 고마워! 그리고 미안해. 괜히 나 때문에 네가 곤란해져서 어쩌지?"

"걱정 마, 압둘라. 우리 아버지는 정의로운 분이셔서 꼭 도와주실 거야!"

하지만 집 앞에 도착한 형제는 말이 없었다. 호기심으로 집을 나섰지만 걱정꺼리만 잔뜩 안고 돌아왔기 때문이었다.

'그 큰돈을 어떻게 사흘 안에 갚지?'

유누스와 살람 형은 온통 그 생각뿐이었다. 저녁도 먹는 둥 마는 둥 했다.

유누스와 살람의 시무룩한 표정을 살피던 어머니는 걱정스러워하며 형제에게 물었다.

"오늘 무슨 일이라도 있었니?"

"아니요, 아무 일도 아니에요."

유누스는 이렇게 대답할 수밖에 없었다. 곁에 앉아 있던 살람 형도 한숨만 쉴 뿐이었다.

밤이 되자 아래층에서 보석을 깎는 기계 소리도 잠잠해 졌다.

유누스는 가족들이 모두 잠자리에 든 것을 확인하고 발끝을 쫑긋 세우고 아버지의 세공소 안으로 몰래 들어갔다. 하지만 금방이라도 아버지가 다시 들어올 것만 같아 어린 유누스는 가슴이 조마조마했다. 유누스는 보석상의 큰 거울 앞에 섰다. 그리고 힘껏 거울을 떼어 냈다. 그러자 그곳에 아버지의 금고가 있었다.

'아버지 정말 죄송해요. 하지만 지금은 이 방법밖에 없어요. 아버지가 아무리 정의로운 분이시라고 해도 처음 보는 제 친구를 위해 그렇게 큰돈을 빌려 주시진 않을 거예요. 나중에 꼭 갚을게요.'

유누스는 금고 안에 있는 보석 중에서 가장 비싸 보이는 황금 반지를 꺼냈다.

★

    다음 날 아침, 날이 밝기 무섭게 아버지의 고함에 온 집안이 들썩였다.

    "큰일났어, 큰일이! 반지가 없어졌어!"

    아버지가 처음엔 흥분한 나머지 다짜고짜 함께 일하는 직원들을 의심했다. 그러나 집 안에 낯선 사람이 들어온 흔적이 없는 것을 알고는 집안 사람들의 짓이라고 확신했다.

    "유누스가 안 보여요."

    그 말을 들은 아버지의 긴 수염이 가늘게 떨렸다.

    한편, 유누스는 아침 일찍 보석을 판 돈을 압둘라 어머니에게 전해 주었다. 집으로 돌아온 유누스는 집안 분위기가 심상치 않다는 것을 금세 알아챘다. 아버지는 유누스를 조용히 불렀다.

    "오늘 새벽에 보석상에 도둑이 들었다. 다른 건 다 멀쩡한데 유독 값나가는 황금 반지만 없어졌어. 그 반지는 내가 이십 년 넘게 거래해 온 지주의 딸 결혼식에 쓰일 귀한 것이다."

"……."

유누스는 고개만 떨군 채 말이 없었다.

방글라데시에서는 결혼할 때 신부가 온갖 보석과 돈으로 지참금을 챙겨갔다. 지참금 때문에 결혼이 깨지는 일도 종종 일어났다. 더군다나 신용을 생명처럼 중요하게 생각하며 평생을 살아온 아버지에게 이번 사건은 큰 충격이었다.

오후에 경찰이 아버지의 보석상으로 들이닥쳤다. 지주가 보내서 온 경찰이었다. 결혼식 때 쓰일 반지가 없어져서 결혼식 날짜가 미뤄졌기 때문에 그 책임을 아버지에게 묻겠다는 것이었다. 아버지는 경찰서로 가기 전에 다시 한 번 식구들을 향해 이렇게 말했다.

"지금이라도 솔직하게 말한다면 용서해 준다. 그러나 내가 이대로 경찰서로 가고 나면 그 다음엔 어떤 엄한 처벌이 내려질지 모른다."

그래도 식구들은 서로 눈치만 볼뿐 꿀 먹은 벙어리마냥 말이 없었다. 아버지가 늘 강조해 왔던 정직과 신뢰, 그리고 규율이 한꺼번에 무너져 내리는 순간이었다. 살람 형은 누가 한 짓인지 단번에 알아챘지만 유누스가 먼저 말하기 전까지 꾹 참아야 한다고 생각했다.

그날 밤 늦게 아버지는 지친 몸을 이끌고 집으로 돌아왔다. 다른 가족들은 모두 숨죽인 채, 아버지의 행동만 살피고 있었다. 이때 불쑥 유누스가 아버지 앞으로 다가가 무릎을 꿇었다.

"아버지 용서해 주세요. 제가 그랬어요."

유누스의 볼에는 눈물이 쉴 새 없이 흐르고 있었다.

"보석을 왜 훔쳤니?"

아버지는 유누스에게 물었다.

"죄송해요, 아버지. 하지만 지금은 제가 훔쳤다는 것 말고는 더 이상 말씀드릴 게 없어요."

유누스는 눈물만 흘렸다.

"잘 들어라! 이슬람 율법에서는 도둑질한 자는 그 손목을 자른다고 했다. 넌 단지 보석만 훔친 게 아니라 가족들의 믿음도 함께 깨뜨렸다. 그러니 오늘부터 밥도 먹지 말고 뉘우칠 때까지 독방에 있거라."

아버지는 큰 소리로 외쳤다.

결국 유누스는 빛도 들지 않는 지하 독방에 갇혔다.

지하 독방에는 집안에서 쓰지 못하게 된 그릇이나 옷가지들이 가득 쌓여 있었다. 어디를 둘러봐도 어둠뿐이었다. 유누스는 죄책감에 눈물을 흘렸다. 밤인지 낮인지도 모른 채 유누스는 그렇게 한참을 독방에 갇혀 있었다. 간혹 어머니가 몰래 먹을 것을 내오기도 했지만, 유누스는 목이 메여 먹지도 못했다. 오래 전 자식을 다섯이나 잃었던 어머니는 이러다 유누스마저 잃게 될까봐 마음을 졸였다. 어머니는 유누스가 돈을 어디다 썼는지는 묻지도 않았다.

"나는 안다. 네가 그 누구보다도 정직하고 착한 아이라는 걸……."

황금색 치마 위에 밝은 사리를 곱게 두른 어머니는 옷 앞섶으로 눈물을 닦았다. 그리고 작은 문틈으로 유누스를 향해 손을 내밀었다. 독방 안으로 어머니의 따뜻한 온기가 느껴졌다. 유누스는 더 이상 어머니를 힘들게 해선 안 된다고 생각했다. 가장 마음이 아픈 건 사랑하는 어머니가 힘들어하는 모습이었다.

'안 돼! 내가 지금 얘기를 하면 압둘라가 위험해질 거야.'

유누스는 친구를 생각하며 꾹 참았다.

★

그해 여름은 그렇게 지나갔다.

그리고 또 다른 여름이 찾아왔다. 유누스의 '보석 사건'도 어느덧 가족들 사이에서 서서히 잊혀져 갔다.

그러던 어느 날 이른 아침, 예상하지 못했던 손님들이 찾아왔다.

아침 식사를 준비하던 유누스의 어머니는 현관문을 두드리는 소리에 문을 열었다. 문 앞에는 유누스 또래의 한 소년과 그보다 더 어린 소녀, 그리고 두 아이의 손을 꼭 잡고 있는 여인이 밝은 표정으로 그녀를 쳐다보고 있었다.

"전 유누스 친구인 압둘라라고 해요. 그리고 제 어머니와 동생이에요."

어느새 유누스 어머니 옆에는 아버지도 서 있었다.

"두 분이 저희 가족의 은인이신 유누스 부모님들이시군요. 자비로운 두 분 덕분에 저와 제 어린 딸은 노예 신세를 면하고 이렇게 건강하게 살 수 있었습니다."

유누스의 부모는 갑작스런 여인의 말에 어리둥절했다. 그때였다.

유누스가 언제 왔는지 달려와 힘껏 압둘라를 껴안았다.

"와! 너, 엄청 씩씩해졌구나. 반가워."

그제야 유누스는 보석 사건의 이야기를 사실대로 털어놓았다. 틈틈이 압둘라가 유누스를 거들었다. 그리고 압둘라의 어머니는 유누스의 아버지에게 돈뭉치를 건넸다.

"유누스가 준 돈으로 황마 재료를 샀습니다. 그것으로 노끈과 카펫을 짜서 시장에 내다 팔았어요. 그리고 남는 돈으로 황마 씨앗을 사서 다시 밭에 뿌렸습니다. 아마 내년쯤엔 나머지 돈을 다 갚을 수 있을 겁니다."

"아……."

압둘라 가족이 돌아간 뒤, 아버지는 넓은 방파제가 보이는 치타공 항구 근처로 유누스를 데려갔다. 아버지는 넓은 바다가 보이는 벤치에 유누스를 앉혔다. 그리고 한동안 유누스를 물끄러미 바라봤다.

"왜 처음부터 말 안 했니?"

아버지가 조용히 말을 꺼냈다.

"처음부터 말하면 아버지가 친구 집에 가서 돈을 받아내

실까 봐요. 그럼 친구 엄마와 동생은 노예로 팔려 가게 되거
든요."

아버지는 유누스의 작은 두 어깨를 꼬옥 끌어안았다. 잠
시나마 유누스를 오해했던 일이 한없이 미안하게만 느껴졌
다. 그리고 한편으로는 그런 아들이 사랑스러웠다.

"남을 도울 때는 정직하게 돕는 방법도 많단다."

그리고 한마디 덧붙였다.

"상인에게 있어 신용은 목숨과도 같다. 아버지는 수십 년
간 사람들에게 물건만을 판 게 아니라 사람들의 마음을 움
직여 물건을 사게 한 거야. 그러니 너도 다음부터는 돕는 사
람뿐만이 아니라 주변 사람들의 마음도 다치지 않게 잘 헤
아려 행동하거라."

유누스는 천천히 고개를 끄덕였다.

아버지의 표정이 금세 온화한 미소로 바뀌었다. 아버지는
두 팔로 유누스를 하늘 높이 번쩍 들어 올렸다.

멀리 바닷가에서 시원한 바람이 유누스의 머릿결 위로 스
쳐 지나갔다.

유누스의 마음도 바람을 따라 한결 시원해졌다.

유누스, 조국의 아픔과 만나다

"나는 방글라데시가 독립하던 날,
그날의 기쁨을 오늘의 일처럼 생생하게 기억합니다.
그러나 진정한 독립은 아직 멀었습니다."

"내놔! 내놓으란 말이야!"

"아주머니, 도대체 뭘 내놓으란 얘기세요? 돈을 줘야 물건을 줄 거 아니에요."

"내가 방금 줬잖아. 2타카 줬는데 왜 안 주냐 말이야!"

"내참. 돈을 언제 줬다고 그러세요. 가만, 이 아주머니 그러고 보니 제정신이 아니구만."

시장 한 귀퉁이에서 실랑이가 벌어졌다.

유누스는 장사꾼과 한 여인이 싸우고 있는 곳을 향해 발길을 돌렸다. 사람들은 골목 여기저기서 몰려나와 목을 길게 빼고 싸움을 구경하느라 정신이 없었다.

하지만 이런 풍경이 유누스에게는 일상이 되어 버렸다. 그 여인은 바로 자신의 어머니였기 때문이다. 어느새 유누스 옆에는 아버지가 서 있었다. 어머니에게로 막 다가가려는 유누스의 손을 아버지가 잡았다. 대신 아버지가 앞으로 성큼성큼 걸어 나갔다.

"죄송합니다. 전에는 총명하고 현명한 사람이었는데 언제부턴가 이렇게 되었습니다. 사과드립니다. 제 아내입니다."

유누스가 아홉 살 즈음부터 유누스의 어머니는 유누스와 가족들에게 더 이상 예전처럼 든든하고 따뜻한 버팀목이 아니었다. 원인은 알 수 없지만 어머니는 시간이 지날수록 현명함과 멀어지고 자신만의 세계로 빠져들었다. 이제 막 아홉 살이 된 소년이 감당하기에는 벅찬 일이었다. 어머니의 병은 가족 모두에게 근심거리였다. 아버지는 전국에서 유명하다는 의사를 찾아가 최선을 다해 치료를 받아 보았지만 어머니의 병세는 더 심해져만 갔다. 그럴수록 아버지는 어머니 몫까지 더 꿋꿋이 가정을 돌보았다.

열세 살이 된 유누스는 책 속으로 빠져들었다.

유누스가 다니던 중·고등학교는 방글라데시에서 최상류층만 다니는 학교였다. 학생들 대부분이 지역에서 유명한 고위층 자제들이었다.

땡! 땡! 땡!

수업을 마치는 종소리가 울렸다. 종이 울리자 학생들이 교실 밖으로 우르르 몰려 나왔다. 반에서 제일 키가 큰 핫산이 다른 친구들과 함께 유누스 앞으로 다가왔다. 유누스는 책상에 앉아 예습을 하고 있었다. 핫산은 익살스러운 표정을 지으며 유누스의 어깨를 툭 쳤다.

"유누스, 물어 볼 게 있는데?"

평소에 친하지도 않았던 핫산이 말을 걸어오자 유누스는 조금 의아해 했다.

"뭔데?"

"너희 엄마 머리가 많이 아프시다고 하던데 사실이야?"

친구들이 낄낄대기 시작했다. 유누스는 그 말이 무엇을 의미하는지 누구보다도 잘 알았다. 유누스의 얼굴이 순간 붉어졌다.

"어머니가 그렇게 아프신데 보이스카우트의 리더로 자격이 있는지 의심스러워."

당시 유누스는 학교 보이스카우트를 대표하는 리더였다. 보이스카우트 담당 선생님이 모든 일에 적극적이고 친구들과도 거리낌 없이 금세 친해지는 유누스를 보고 대표를 맡긴 것이다. 하지만 핫산의 굴욕적인 말 앞에서 유누스는 고개를 숙였다. 그리고 이내 두 어깨가 가늘게 떨리기 시작했다. 이때였다. 이 광경을 아까부터 지켜보고 있던 마부스가 핫산을 밀치며 끼어들었다.

"핫산! 유누스의 어머니가 아프신 것과 보이스카우트 활동은 상관이 없어. 보이스카우트 활동만 잘하면 되지, 유누스의 어머니가 아픈 게 무슨 상관이야!"

핫산은 갑자기 등장한 마부스를 보고 귀찮다는 듯이 입술을 실룩거리면서 웃었다.

"마부스, 혹시 너희 어머니도 유누스 엄마처럼 아프시니?"

"뭐라고! 이 녀석이……."

마부스는 더 이상 못 참겠다는 듯 두 주먹을 불끈 쥐고 핫산에게 덤벼들었다. 순식간에 교실은 아수라장이 되었다.

이때, 다음 수업을 알리는 종이 울렸다. 곧이어 담임선생님이 들어왔다. 선생님이 들어오자 핫산과 마부스는 바닥에서 일어나 서로 씩씩대면서 자신들의 자리로 돌아갔다. 반 아이들도 아무 일 없었다는 듯 자리에 얌전히 앉았다. 선생님은 교실에 들어오자마자 조금 전에 무슨 일이 있었는지도 모른 채 유누스를 한 번 쳐다보고는 씽긋 미소를 지었다.

"자, 오늘 우리 반에서 전교 1등이 나왔어요."

선생님은 고개를 숙인 채 말없이 앉아있는 유누스를 향해 다시 한 번 환한 미소를 지었다.

"바로 우리 반의 유누스가 전교 1등을 했어요. 유누스, 앞으로 나오렴."

유누스는 스스로도 못 믿겠다는 듯 당황한 표정이었다. 선생님은 유누스에게 상장과 함께 장학금을 전달해 주었다.

"여러분들도 유누스처럼 열심히 공부해서 장학금을 받을 수 있도록 하세요. 유누스에게 박수!"

반 친구들은 일제히 유누스에게 힘찬 박수를 보냈다. 하지만 맨 뒤쪽에 앉은 핫산은 책상을 발로 뻥 차며 분한 표정을 지었다.

수업이 끝나자마자 유누스는 상장과 장학금을 들고 아버지가 일하는 보석 세공소로 곧장 달려갔다. 보석 세공소가 가까워지자 기계 돌아가는 소리가 요란하게 들려왔다. 유누스는 문을 빠끔히 열고 가게 안으로 고개를 내밀었다. 작업대 앞에서 구슬땀을 흘리고 있는 아버지가 보였다. 유누스는 아버지를 향해 힘껏 달려가 안겼다.

"어이쿠……. 이 녀석, 아버지가 일할 때 이렇게 갑자기 달려들면 위험해요."

유누스는 아버지에게 학교에서 받은 상장과 장학금을 펼쳐 보였다. 이를 본 아버지는 금세 환한 미소를 지었다.

"장하구나, 내 아들. 정말 장해!"

아버지는 처음으로 자신이 아픈 아내를 대신해 자식들의 교육에 힘 �쓴 보람을 느꼈다.

"아버지, 부탁이 있어요."

"뭔데?"

"앞으로도 열심히 공부할 테니까, 보이스카우트 활동을 계속 할 수 있게 해 주세요."

아버지는 그동안 유누스가 보이스카우트 활동에 빠져 공

부에 소홀해질까 봐 걱정을 했다. 그런데 유누스가 받은 상 장과 장학금을 보자 마음이 놓였다.

"대신 앞으로도 공부를 게을리 해서는 안 된다. 알겠지?"

유누스와 아버지는 새끼손가락을 꼭 걸었다.

★

그날 이후 유누스는 보이스카우트 활동에 더욱 재미를 붙였다. 단조로운 학교 생활과 달리 보이스카우트 활동은 외부와 단절된 채 살아온 유누스에게 집 밖의 세상을 볼 수 있는 유일한 탈출구였다.

1953년, 유누스는 제1회 파키스탄 잼보리 대회에 참가했다. 잼보리 대회는 파키스탄 뿐만이 아니라 인도 곳곳을 횡단하면서 다양한 경험을 쌓을 수 있는 기회였다.

유누스는 친구들과 함께 치타공 역에 도착했다. 덥고 습한 기운이 역 안에 감돌았다. 잿빛 시멘트 구조를 높이 쌓아 올린 역 주변으로 과자를 파는 상인들과 기념품을 파는 가판대가 즐비하게 늘어서 있었다. 그 앞으로 보이스카우트 유니폼을 입은 단원들이 옹기종기 모여 있었다. 앞으로 펼쳐질 긴 여정 때문인지 모두들 하나같이 설레는 표정들이었다.

"자, 모두 모이세요! 옆에 짝꿍이 왔는지 확인하고……."

보이스카우트 담당 선생님은 형형색색의 보이스카우트 유니폼을 차려입은 아이들을 일일이 살폈다.

"모두 다 모였습니다!"

보이스카우트 리더인 유누스는 단원들을 모두 확인한 뒤 선생님에게 말했다.

곧이어 단원들은 기차에 올랐다. 광활하게 펼쳐진 대지 위로 기차가 서서히 움직였다. 유누스도 새로운 경험에 대한 기대로 한껏 부풀어 있었다.

하지만 기대도 잠시, 기차 안은 생각보다 너무 좁았다. 유누스와 단원들이 앉은 좌석 주변으로 사람들이 금세 빽빽하게 찼다. 조금만 고개를 돌려도 바로 옆 사람과 콧등이 부딪힐 정도였다. 그들의 옷차림은 초라했다. 낡고 오래된 옷들은 여러 번 꿰매어 입은 흔적들이 뚜렷했다. 뿐만이 아니었다. 누더기 옷을 입은 아이들은 하나같이 맨발이었다. 신발 없이 오랫동안 걸어 다닌 탓에 발끝은 거칠게 갈라져 있었다. 유누스와 눈이 마주친 한 여자아이는 창피했는지 얼른 자기 발을 치마 밑으로 감추어 버렸다. 초점 없이 창밖만 바라보던 사람들, 희망이라곤 찾아볼 수 없었다.

인도에서 갠지스 강을 중심으로 광활하게 펼쳐진 대지와 사막을 가로지르기 위해서는 기차가 유일한 교통수단이었다. 느리게 달리는 기차 탓에 짧은 거리도 보통 반나절 이상이 걸렸다. 그래서 기차 안은 늘 붐볐다. 여유롭고 편안하게 갈 수 있는 1등칸에서부터 자리가 모자라 서서 가는 사람들이 가득한 3등칸까지. 이들을 보면 인도 사람들의 신분을 한눈에 짐작할 수 있었다.

시간이 지나자 환기가 안 된 기차 안에서는 쾌쾌한 냄새까지 풍겼다. 유누스 옆에 있던 말썽꾸러기 친구 핫산은 코를 한 손으로 틀어막고 괴로운 표정을 지었다.

"이게 무슨 냄새야……. 정말 못 참겠네. 왜 씻지도 않고 기차를 타는 거야?"

시끌벅적한 기차 안에서도 핫산의 볼멘소리는 주변 사람들에게 다 들릴 만큼 컸다. 그러자 험상궂은 인상의 아저씨가 핫산을 때릴 듯 쳐다봤다. 핫산은 이내 아무렇지도 않다

는 듯 코에서 손을 떼고 딴청을 피웠다. 유누스는 그런 핫산이 조금은 귀엽게 느껴져 조용히 웃었다. 어머니의 병을 핑계로 자신을 놀렸던 핫산에 대한 서운함도 이제는 없었다.

먼지를 일으키며 레일 위를 달리던 기차는 인도 아그라 지역의 남쪽을 향하고 있었다. 강가에 비친 순백의 대리석 건물이 태양의 빛을 받아 반짝거렸다. 마치 물 위에 떠 있는 궁전 같았다. 투명하고 신비스러웠다.

"와! 정말 아름다워."

아이들은 자리에서 일어나 일제히 탄성을 질렀다.

강 위에서 햇살을 받아 눈부시게 모습을 드러낸 것은 인도의 대표적인 건축물인 '타지마할 묘'였다. 보이스카우트 단원들과 선생님은 타지마할을 둘러보기 위해 역에 내렸다.

그런데 역 주변의 분위기가 심상치 않았다. 역 입구에는 〈인근 지역 테러로 당분간 기차 운행을 중단합니다〉라는 팻말이 붙어 있었다. 인도에서는 독립 후에도 종종 이슬람교도와 힌두교도들 사이에 종교 간 갈등이 심해져 테러나 분쟁이 끊이지 않았다. 이 때문에 기차 운행이 중단되거나 사람들이 많이 모이는 역이 폐쇄되는 일도 흔했다.

"방금 전 인근 지역에서 테러가 일어났어요, 아이들 안전에 신경 좀 많이 써주셔야 할 것 같습니다."

잔뜩 피곤한 표정을 한 역장은 선생님에게 짧은 말만 남기고 역 안으로 들어갔다. 기차역 주변에선 총과 수류탄으로 무장한 군인들이 긴장한 표정으로 경계를 서고 있었다. 보이스카우트 단원들도 모두 긴장한 채 조심조심 역을 빠져나왔다.

타지마할은 입구부터 범상치 않았다. 붉은 사암으로 된 아치형의 정문을 통과하자 넓은 뜰에 수로가 있는 무굴 양식의 화려한 정원이 모습을 드러냈다. 보는 것만으로도 당시의 위엄과 웅장함이 느껴졌다. 아이들이 넋을 잃고 타지마할을 바라보고 있을 때, 선생님의 설명이 시작됐다.

"자, 이곳은 화려함과 비장함을 동시에 간직한 유적지란다. 여러분이 지금 보고 있는 게 바로 인도의 가장 대표적인 이슬람건축인 타지마할 묘당이지. 누가 선생님과 친구들에게 '타지마할'의 뜻을 설명해 줄래?"

마부스가 손을 번쩍 들었다.

"마부스, 얘기해 보렴."

"마할의 왕관이란 뜻입니다."

"마부스가 잘 알고 있구나. 타지마할은 인도 무굴제국의 황제였던 샤 자한이 왕비가 죽자 그녀의 무덤으로 건축한 것이란다. 죽은 부인을 생각하며 22년 동안이나 그 무덤을 지었단다. 슬픈 사연이 있는 타지마할은 시공을 초월한 절대적인 아름다움을 보여 주지."

선생님의 설명을 듣는 아이들의 눈빛은 초롱초롱 빛났다.

"무엇보다 타지마할 묘를 보면 당시 무굴제국의 힘을 느낄 수 있단다. 지금은 인도, 서파키스탄, 동파키스탄으로 나눠져 있지만 타지마할을 만들 당시엔 무굴제국으로 통일돼 있었거든. 샤 자한 왕은 타지마할 내부를 궁전같이 치장하기 위해 온갖 보석을 세계 각지에서 수입했고, 여러 나라 건축가를 데려오기도 했단다. 기능공만 2만 명이 동원됐고, 하루 1,000마리의 코끼리가 자재를 날랐다는 이야기도 전해져 온단다. 그만큼 무굴제국의 문예 수준은 최고조에 달했고, 영토는 데칸고원 남부에 이를 만큼 대단했었지."

아이들은 타지마할 묘가 훨씬 더 크게 느껴졌다.

"이곳은 묘당이면서 성전이기도 하니깐 모두 잠시 묵념하고 유적지를 돌아보도록······."

그때였다.

아이들이 묵념하는 모습을 지켜보던 선생님은 애절한 표정을 짓더니 이내 눈물을 흘렸다. 유누스는 선생님이 왜 갑자기 눈물을 흘렸는지 무척 궁금했다. 하지만 그 이유를 선생님에게 직접 물어볼 용기가 나지는 않았다.

집으로 돌아오는 기차 안에서 유누스는 처음으로 조국 방글라데시에 대해 많은 생각을 했다. 인도와 파키스탄의 분쟁 지역인 카슈미르를 지날 때의 슬픔, 화려하고 아름다운 타지마할에서 선생님이 흘린 눈물의 의미, 기차 안에서 만난 맨발의 가난한 아이들까지······.

기차에서 내린 유누스는 곧장 아버지의 보석 세공소로 달려갔다. 유누스는 성지순례에서 있었던 일들을 아버지에게 자세히 얘기했다. 그리고 아버지에게 마음속에 담아 두었던 궁금한 점들에 대해 물어보았다.

"아버지, 방글라데시는 왜 가난하고 힘이 없나요? 또 선생님은 왜 아름다운 타지마할 묘 앞에서 눈물을 흘린 건가요?"

아버지는 유누스를 작업실 의자에 앉힌 뒤 천천히 말했다.

"아마도 선생님은 화려했던 무굴제국에 비해 세 지역으로 분리된 지금의 인도가 한없이 안타까워서 그랬을 거다."

선생님은 종교적 갈등을 극복 못해 나라가 나눠져 있는 현실을 아파했던 것이었다.

"유누스, 앞으로도 이 나라는 종교 갈등으로 수없이 많은 분쟁이 일어날 거다. 하지만 그럴수록 우리는 힘을 길러야 한단다. 너와 같은 학생들은 많이 배우고 열심히 공부해서 장차 이 나라가 강해지는데 힘이 되어야 한다."

유누스는 그제야 선생님이 흘린 눈물의 진정한 의미를 알 것 같았다.

아버지와 유누스는 세공소 문을 잠그고 나와 밤하늘을 바라보았다. 밤하늘에 수많은 별들이 반짝거렸다. 유누스는 마음속으로 다짐했다.

'지금 처한 어려운 상황들을 꿋꿋이 넘기다 보면 머지않아 나라를 위해 좋은 일을 해낼 수 있을 거야.'

방글라데시의 현실에 눈을 뜨다

"굶주림에 지쳐 죽어가고 있는 사람들로 가득한데
허황된 경제 이론들이 다 무슨 소용이 있단 말입니까?
저는 가난한 사람들의 삶과 현실을
좀 더 정확하게 알아야겠다고 생각했습니다."

유누스는 1960년에 방글라데시의 다카 대학교 경제학과
를 졸업한 뒤, 장학생으로 선발돼 1965년에 미국 유학길에
올랐다. 서양의 합리주의 경제 이론이 방글라데시 경제를
살려줄 수 있을 것이란 기대 때문이었다.

'미국에서 가장 합리적이고 실용적인 경제 이론을 배워 조
국의 경제 성장에 보탬이 되는 학자가 될 거야.'

유누스는 오랜 미국 생활로 고국이 무척 그리웠지만 그
때마다 고개를 가로저으며 마음을 다졌다. 미국에 유학을

온 이상 공부를 게을리 해서는 안 된다고 수백 번도 넘게 다짐했다. 유누스는 마음이 약해질수록 더욱 공부에 열중했다. 그 덕분에 1969년 밴더빌트 대학교에서 경제학 박사 학위를 받고, 1972년까지 미들테네시주립 대학교에서 경제학과 조교수로 일했다.

유누스는 대학에서 학생들을 가르치고, 다양한 인종과 문화가 공존하는 미국에서의 생활이 즐거웠다. 하지만 시간이 점점 흐를수록 이제 갓 독립한 방글라데시에 자신이 배운 경제 이론을 하루빨리 적용해 보고 싶다는 마음이 간절했다. 유누스는 고국으로 돌아갈 결심을 굳혔다. 하지만 아버지는 극구 반대했다.

"안 된다, 유누스. 이제 막 독립전쟁을 끝낸 방글라데시는 위험하다. 언제 또 전쟁이 터질지 몰라."

"그래서 더욱 방글라데시로 돌아가야겠어요. 독립국가로 갓 태어난 조국엔 저 같은 경제학자가 꼭 필요합니다."

아버지는 방글라데시의 정치 상황이 좋지 않은 만큼 유누스가 당분간은 미국에 남아 있기를 바랐지만 자식의 고집을 꺾을 수 없다는 것을 누구보다 잘 알았다. 결국 유누스는 8

년간의 미국 유학 생활을 접고 1972년 고국행 비행기에 몸을 실었다.

'그동안 배운 서양의 경제학 이론이 어려운 방글라데시 경제에 분명히 도움이 될 거야.'

유누스는 그렇게 믿었다.

고국에서 자신의 꿈을 펼칠 생각을 하니 도착하기도 전에 마음이 설레기 시작했다. 더구나 유누스의 옆자리에는 평생을 함께 하기로 약속한 아름다운 미국인 아내가 있었다.

유누스의 마음은 새로운 희망으로 가득차 있었다. 하지만 막상 하늘에서 바라본 방글라데시의 모습은 그다지 밝아 보이지만은 않았다. 아열대몬순기후에 속하는 방글라데시는 5월부터 9월까지가 우기였다. 우기에는 하루에도 수차례씩 많은 비가 쏟아지는 탓에 국토의 절반 정도가 물에 잠기기 일쑤였다.

공항을 빠져나오자마자 유누스는 곧장 치타공 대학으로 가기 위해 차에 올랐다. 차창 밖으로 거리 곳곳에서 베레모를 쓴 군인들이 총으로 무장한 채 경계를 서고 있었다.

'미국으로 유학을 가기 전이나 후나 방글라데시의 상황

은 별 차이가 없군.'

차는 치타공시에서 동쪽으로 30킬로미터를 더 달렸다. 멀리 언덕 위로 세련된 현대식 건물이 눈에 들어왔다. 치타공 대학이었다. 방글라데시에서 손에 꼽히는 가장 우수한 대학 중 하나였다. 치타공 대학 정문에 내리자마자 대학 총장이 유누스를 반갑게 맞이했다.

긴 수염의 베레모를 쓴 총장은 유누스를 보자마자 너무 기쁜 나머지 유누스를 덥석 끌어안았다.

"치타공 대학으로 부임해 온 걸 진심으로 환영하네. 앞으로 자네가 할 일이 많을 거야. 자네에게 거는 기대가 크네."

"나름대로 최선을 다해 공부했지만 여전히 부족합니다. 총장님께서 많이 도와주세요."

유누스는 방글라데시에 돌아오자마자 쉴 시간도 없이 강의 준비에 들어갔다. 긴 여행의 피로가 풀리기를 기다릴 만큼 방글라데시의 상황은 한가롭지 않았다.

드디어 유누스의 첫 경제학 강의가 시작됐다. 강의실로 들어선 유누스는 자신에 대한 소개도 하지 않은 채 분필을 집어 들었다. 그리고 칠판에 동그라미를 크게 그리고 그 동

그라미를 다시 여덟 조각으로 나눴다. 학생들은 고개를 갸웃거리며 유누스의 행동을 가만히 지켜봤다.

"자, 여기 여덟 조각으로 나누어진 파이가 있습니다. 파이 한 조각은 단 한 사람의 생명만을 유지시켜 줄 수 있는 양입니다. 따라서 파이를 먹지 못한 사람은 생명이 위태로워질 수도 있습니다. 하지만 파이를 먹기 위해 기다리는 사람은 열두 명입니다. 여러분이 가게 주인이라고 가정한다면 어떻게 하시겠습니까?"

학생들은 서로 눈치만 볼 뿐 한동안 말이 없었다. 유누스는 인내심 있게 기다렸다. 드디어 맨 뒤에 앉아있던 남학생이 손을 들었다.

"제 생각엔 먼저 오는 사람에게 선착순으로 파는 게 경제적일 것 같습니다. 파이도, 먹을 사람들도 둘 다 한정적이라면 먹지 못 하는 사람들이 생기는 건 어쩔 수 없다고 봅니다. 시간을 오래 끌어봤자 모두들 배만 고파지고, 시간이 더 늦어지면 전부 죽을 수도 있지 않을까요?"

"다른 의견 있는 사람 없나요?"

이번엔 맨 앞에 앉아있던 머리가 긴 여학생이 말했다.

"여덟 개의 파이를 열두 개로 나누어서 골고루 분배해서 팔아야 합니다. 한정된 파이를 서로 나눠 목숨을 조금이라도 유지하는 게 현명하다고 생각합니다. 누구는 살리고 누구는 죽인다면 그건 너무 비인간적이지 않을까요?"

이번엔 강의실 정중앙에 앉은 키가 작은 여학생이 말했다.

"제 생각엔 파이 여덟 조각을 아주 비싸게 팔고, 거기서 남은 돈으로 파이를 더 많이 만들어 나머지 사람들에게는 싸게 팔면 좋을 것 같습니다. 이것도 결국은 분배의 문제인데 이윤을 극대화시켜 거기서 더 생산적인 방법을 찾아 효율적인 분배를 하는 거죠."

유누스는 교탁 위에 서서 한 손으로 턱을 괴고 학생들이 주고받는 의견을 가만히 듣고만 있었다. 그리고 학생들의 대답이 다 끝나자 조용히 말을 꺼냈다.

"자, 여러분이 생각한 대답은 모두 정답이 될 수 있습니다. 그런데 가장 중요한 걸 놓치고 있네요."

학생들은 궁금한 표정을 지으며 서로 얼굴을 쳐다봤다.

"물론 파이를 못 먹는 사람은 반드시 발생합니다. 그런데 중요한 건 여덟 개의 파이를 열두 명에게 분배할 때, 지금

이 파이를 가장 절실하게 필요로 하는 사람이 누구인지를 먼저 생각해야 진짜 경제적 손실을 막을 수 있어요. 가난한 사람들을 우리 사회가 방치하면 우리 사회는 나중에 파이를 먹지 못한 가난한 사람들에게 더 많은 비용을 지불해야 합니다. 경제학의 기초는 최소 비용으로 최대의 효과를 거두는 겁니다. 사실 여기 그려진 여덟 개의 파이는 숫자에 불과합니다. 대부분 사람들은 숫자에 집착하다 정작 중요한 걸 잊어버리는 경우가 많죠. 숫자나 통계만 보다가 그 뒤에 숨겨져 있는 사람들의 엄청난 고통을 못 보고 지나쳐 버린다는 겁니다."

유누스는 잠시 숨을 고른 후 다시 말을 이었다.

"전 여러분과 일 년 동안 경제학 수업을 함께 할 유누스라고 합니다. 여러분들이 저와 수업하는 동안 만큼은 똑똑한 경제학자보다도 현명한 경제학자가 되어 주었으면 좋겠습니다. 앞으로 여러분이 배우는 경제학은 누구를 위한 것인지, 어떻게 쓰일 것인가를 잘 생각해 볼 수 있도록 합시다."

유누스의 말이 끝나자마자 강의실은 학생들의 환호와 박수 소리로 떠나갈 듯 했다. 학생들의 표정엔 유누스 교수에 대한 신뢰와 기대, 그리고 경제학에 대한 강한 배움의 의지가 넘쳐났다. 유누스도 자신이 왜 지난 8년간 낯선 타국에서 힘들게 공부했는지에 대한 답을 비로소 찾은 것 같았다.

그러나 시간이 지날수록 수도 다카의 거리에는 먹을 것을 찾아 헤매는 사람들로 넘쳐났다.

그러던 어느 날, 차를 타고 치타공 대학으로 강의를 하러 가던 길이었다.

쨍그랑! 쾅!

갑자기 어딘가에서 돌멩이 하나가 유누스의 차창에 날아와 세게 부딪혔다. 유누스는 운전을 하다 당황해 핸들을 도로 쪽으로 꺾다 대형 사고가 날 뻔 했다.

"먹을 걸 달란 말이야! 우리 애가 죽어가고 있어. 당신만 배불리 먹고 살면 다야!"

깨진 차창 너머 야윈 여자가 분노에 찬 얼굴로 유누스를 노려보고 있었다. 여자 품에 안겨 있는 아기는 목숨만 겨우 붙어 있었다.

유누스가 차에서 내리려는 순간 아기를 품고 있던 여자는 갑자기 그 자리에 쓰러지고 말았다. 당황한 유누스는 어찌

할 바를 몰랐다. 그 여자는 마지막 남은 힘을 다해 유누스에게 자식의 생명을 부탁했다.

당시 방글라데시에서는 세계 최고의 인구밀도, 거듭되는 홍수와 가난 때문에 매일 굶어 죽는 인구가 수십만 명에 달할 정도였다. 1974년, 방글라데시에 불어닥친 대기아는 빛의 속도로 전국으로 퍼져 나갔다. 정부가 급하게 마련한 빈민 급식소는 굶주린 사람들의 배를 채워 주기에는 그 수가 턱없이 모자랐다.

그날 집으로 돌아온 유누스는 밤새 잠을 이루지 못했다.

'매일 대학교 경제학 강의실에서는 상상도 못하는 천문학적 숫자가 오고가는데 길거리에선 정작 1타카도 없어 사람들이 죽어가고 있다니, 내가 가르쳐 왔던 그 많은 경제학 이론들이 다 무슨 소용이 있단 말인가.'

유누스는 두 손으로 머리를 감싸면서 괴로워했다. 자신은 늘 학생들에게 합리적인 경제 이론이 세상을 바꾸는 힘이 되어 줄 거라고 강조해 왔지만 정작 현실은 너무 냉혹했다. 유누스가 매일 서 있는 강단과 방글라데시 국민들이 살아가는 현실의 거리가 그만큼 멀었던 것이다.

유누스는 교수라는 직업에 대한 회의감이 밀려왔다. 지식인으로서 한없이 부끄러운 순간이었다.

'이대로 더 이상 방치해 두어서는 안 된다.'

유누스는 오랜 고민 끝에 결단을 내렸다.

날이 밝자 유누스는 곧장 치타공 대학의 총장을 만나러 갔다. 굳은 표정으로 총장실 문을 세게 두드렸다. 갑자기 나타난 유누스를 본 총장은 놀란 표정이었다.

"총장님, 드릴 말씀이 있습니다."

"말해 보게."

두 사람 사이에 팽팽한 긴장감마저 감돌았다.

"전국에 가뭄과 기근이 닥쳐 하루에도 수십만 명씩 사람들이 죽어 가고 있는데 정부나 학계는 왜 가만히 있는 겁니까?"

유누스의 말을 듣고 총장은 멈칫했다.

"그럼 무슨 좋은 방법이라도 있소?"

두 사람 사이에 짧은 침묵이 오갔다. 미간을 찌푸리며 생각에 잠겼던 유누스는 꽉 다물었던 입을 천천히 열었다.

"지금 닥친 기근 문제에 대해 학계나 정부, 그리고 각 사회단체들이 관심을 가질 수 있도록 우리 대학 교수들이 성명서를 작성해 언론에 발표해야 합니다."

총장은 긴 턱수염을 한 손으로 쓸어 내리며 약간 실망한 표정으로 말했다.

"겨우 성명서 한 장으로 그 많은 기근 문제가 하루아침에 해결되겠소?"

총장은 이렇게 말하면서 유누스의 표정을 살폈다. 하지만 유누스의 결심은 단호했다. 총장은 그제야 알았다는 듯이 계속 말을 이었다.

"좋소. 그렇다면 자네가 이번 기근 문제에 대해 먼저 언급했으니 성명서 초안을 내일 아침까지 작성해 오시오. 그럼 내가 성명서를 검토해서 언론에 발표해 보리다."

유누스는 그날 밤, 집으로 돌아와 여러 고민들을 하면서 정성껏 성명서 초안을 써내려 갔다. 이 성명서의 뜻을 사회단체와 정부기관이 잘 받아들여 그동안 굶주리고 있던 사람들에게 관심을 갖게 되는 계기가 되기를 바라면서…….

며칠 후 유누스가 쓴 성명서는 방글라데시 주요 일간지의 1면에 실렸다. 또 성명서는 방글라데시의 각 대학들과 정부 단체에도 보내졌다. 시간이 지나면서 당시 관료주의에 젖어 있는 학과나 정부 단체들은 유누스가 뿌린 성명서를 보고 제도권 외에서 구제되지 못한 사람들의 근본적인 구조나 배경에 서서히 관심을 갖게 되었다.

며칠이 지난 후 유누스는 학생들과 마지막 수업을 해야 했다. 학생들은 일제히 유누스에게 물었다.

"교수님, 교수님이 가르쳐 주신 파이의 경제학에 대한 답도 아직 찾지 못했는데 이렇게 강단을 떠나시면 어떻게 합니까?"

복잡한 심정으로 강의실 복도를 묵묵히 걸어가던 유누스는 고개를 돌려 자신을 따라오던 제자들을 향해 이렇게 대답했다.

"난 강단을 완전히 떠나는 게 아니란다. 다만 그 '파이의 경제학'의 진짜 답을 찾기 위해 잠시 자리를 비우는 것뿐이다. 그동안 나의 부족하고 지루한 경제학 강의 듣느라 모두

고생 많았다."

유누스는 이번 성명서를 발표한 것을 계기로 더 이상 강단에서의 이론 강의가 현실적으로 가난한 사람들을 돕는데 도움이 되지 않는다는 것을 깨달았다. 가난의 굴레를 끊기 위해서는 가난과 직접 맞서야 한다고 생각했다.

유누스는 안락한 삶의 방식을 과감히 버리고 가난 속으로 들어가 그들과 고통을 함께 하기로 결심했다. 그리고 당당하게 치타공 대학을 걸어 나갔다.

조브라 마을에서 가난과 맞서다

"나는 기존 은행이 만든 모든 규칙과 정반대되는
가난한 사람들을 위한 은행을 만들기로 결심했습니다."

    유누스는 가난한 사람들의 현실을 이해하기 위해 자신과 뜻을 함께 하기로 한 동료 교수와 몇몇 제자들과 같이 방글라데시에서 가장 가난한 마을로 향했다. 유누스는 평소에도 각 대학이 어떻게 해야 지역의 가난한 사람들을 도울 수 있는지를 고민해 왔다. 그리고 1974년 '치타공 대학의 지역농촌 발전계획'을 수립하게 되었다. 유누스는 제자들과 함께 우수한 벼의 품종을 개발해 농촌 마을에 보급시켰다. 하지만 매일 가난에서 허덕이기 바빴던 마을 사람들은 유누스의 생각을 알아 줄리 없었고, 삶에 대한 의욕도 부족해 보였다.

'농업에 대한 새로운 방법을 알려 주려 해도 왜 이렇게 희망이 없어 보일까?'

유누스는 근본적인 해결을 찾기 위해 당시 방글라데시에서 가장 가난했던 조브라 마을을 돌아다니기 시작했다.

마을 곳곳의 갈라진 땅 위에선 풀 한 포기의 생명력도 느껴지지 않았다. 황량한 땅 위에는 손끝으로 건들기만 해도 쩍쩍 갈라질 것 같은 대나무들이 부딪히면서 메마른 소리를 냈다. 이런 곳에서 사람이 살고 있다는 게 신기하게 느껴질 정도였다. 풍요로움으로 가득차야 할 수확의 계절이 다가오고 있었지만 들판에는 곡식 하나 없이 싸늘하고 황량한 바람만이 불어 왔다. 마을 입구에 들어섰을 때 돌담을 높이 쌓아올린 커다란 우물 주변으로 사람들이 모여들기 시작했다.

"지난번 홍수로 물을 끌어올리는 펌프가 고장 나서 수리비가 더 들어갔으니 우물을 사용하려면 30타카를 더 내란 말이오!"

"그렇게는 못 하겠소. 우리 식구들이 3년 가까이 제대로 먹지도, 입지도 못하면서 모은 돈을 한입에 털이 넣고선 어디다 또 손을 벌린단 말이오. 해도 너무하네!"

광대뼈가 튀어나오고 양 볼은 움푹 패인 늙은 농부는 우물 주인을 날카롭게 쏘아봤다.

유누스는 도대체 무슨 사연인가 궁금해 하며 두 사람의 실랑이를 지켜보던 마을 사람 중 한 명을 붙잡고 물었다.

"무슨 일입니까?"

"보면 모르겠소? 우물을 수백 미터 이상은 파고 물을 길어다 논에 대야 농사를 지을 수 있는데 우물을 파려면 당국에 허가를 받아야 하고, 또 만들기만 하면 뭐해? 사용료가 비싸서 돈 있는 사람이나 사용하지. 우리 같은 가난뱅이들은 쓰고 싶어도 쓸 수가 없지. 쯧쯧."

방글라데시는 세계에서 인구밀도가 높은 국가 중 하나다. 이처럼 많은 사람들이 먹고 살기 위해서는 농업 생산량을 늘려야 했다. 그러려면 안정적인 물을 공급할 수 있는 우물이나 저수지가 필요했다. 하지만 우물을 파고 저수지를 만들기 위해서는 돈이 필요했다. 결국 생활이 넉넉한 농부는 가능한 일이었지만 그렇지 못한 농부는 생각조차 하기 힘든 일이었다. 시간이 흐르면서 마을 사람들 사이에 우물을 둘러싼 갈등의 골이 깊어졌다. 기름진 땅들은 오랫동안 방치

되면서 쓸모없는 땅이 되어 버렸다.

결국 대부분의 농부들은 부자 농부 밑에 들어가 소작농으로 살아야만 했다. 평생을 집도 땅도 없이 소작농으로 살거나 아니면 아예 마을을 떠나 화전민이나 노예로 살다시피 했다.

"저러니 다들 하나 둘씩 마을을 떠나지……."

이는 단순히 조브라 마을에만 국한된 문제가 아니었다. 부유한 농부보다는 가난한 농부들이 상대적으로 더 많았다. 유누스와 제자들은 그제야 이들이 왜 삶에 의욕적이지 않은지 어렴풋이 알 것 같았다.

유누스는 자신의 의지와는 상관없이 마을을 떠나 소작농으로 살 수밖에 없는 사람들에게 도움을 주고 싶었다. 소작농, 그들은 가난한 사람들 중에서도 가장 가난한 사람들이었다. 그들은 정부의 도움조차 받을 수 없었다. 이들을 도와주지 않는다면 개간한 땅들이 다 무슨 소용이 있을까 싶었다. 이 얼마나 비경제적인 행위인가.

★

유누스와 제자들은 가난의 문제를 좀 더 알아보기 위해 조브라 마을에서 더 아래로 내려가 보았다. 그곳은 집 몇 채가 고작인 낮은 등대가 보이는 부둣가 근처였다.

"내일까지 돈을 갚지 못하면 당신 아들은 영원히 폐선 작업장에서 못 나가! 그런 줄 알고 내일까지 당장 갚아."

덩치가 큰 남자는 허름한 길가 좌판대 앞에서 콧바람을 씩씩대며 잡았던 사내의 멱살을 겨우 풀어놓았다. 바닥엔 이제 막 바다에서 잡아 올린 싱싱한 생선들이 좌판대에서 떨어져 퍼덕거리고 있었다. 덩치 큰 남자는 싱싱한 생선들을 신발로 보란 듯이 짓이겼다. 남자가 골목 어귀로 사라지자 사내는 짧은 한숨을 토하며 힘없이 바닥에 털썩 주저앉았다. 곁에 있던 어린 아이들과 깡마른 아내가 사내를 얼싸안은 채 울고 있었다.

유누스는 그들에게 가까이 다가갔다. 그러다 유누스는 멈칫했다. 바닥에 주저앉아 울고 있는 사내는 어릴 적 단짝 친구였던 압둘라였다. 가족들을 얼싸안고 한참을 울던 압둘라

는 누군가 자신을 보는 시선을 느꼈는지 고개를 돌렸다. 유누스는 압둘라 바로 곁에 다가가지 못 하고 그대로 서 있었다. 압둘라는 유누스를 보자 자리에서 벌떡 일어났다.

"너 혹시 복서핫 거리에 살던 유누스 아니니?"

"그래, 맞아! 이게 얼마 만이야."

압둘라는 어릴 때보다 얼굴이 몰라볼 정도로 수척해졌지만 유난히 순수해 보이는 큰 눈망울과 훤칠한 키는 여전했다. 압둘라는 유누스에게 거친 손을 내밀며 악수를 청했다. 오랜 시간 힘든 일로 손마디는 무쇠처럼 단단하고 투박했다. 압둘라는 검게 그을린 얼굴 사이로 하얀 치아를 드러내며 웃었다. 압둘라가 웃을 때마다 눈가에 주름이 더욱 깊게 패였다.

"그런데 무슨 안 좋은 일이라도 있는 거야?"

"응. 실은……."

압둘라는 말을 잇기도 전에 고개를 숙이고 어깨를 들썩였다.

"내일까지 고리대금업자에게 돈을 갚지 못 하면 내 아들이 폐선 작업장에서 평생 노예처럼 살아야 해."

"어떻게 그런 일이……."

유누스는 돈이 없어 아들을 폐선 작업장에 보내야 하는 아버지의 고통이 고스란히 느껴져 마음이 아팠다.

"내가 도울 방법이 없을까?"

"어망 수리 기계가 고장이 났는데 수리 비용이 만만치 않아. 우선 돈이 필요하네. 하지만 난 더 이상 어린 시절 철부지가 아니야. 내 손으로 아들을 구하고 싶네."

"수리 비용이 얼마나 필요한가?"

압둘라는 힘없이 대답했다.

"50타카……."

유누스는 갑자기 좋은 생각이 났는지 이렇게 말했다.

"그 정도 돈이면 은행에 가서 빌려 보면 가능할 거야."

"은행에서 나같이 가진 것 없는 사람에게도 대출을 해줄까?"

압둘라는 유누스의 말을 들으며 시선을 애써 다른 곳으로 돌렸다. 압둘라의 목소리가 불안하게 떨리고 있었다.

"능력 있는 사람에게만 돈을 빌려 주면 그게 무슨 은행이겠나? 나와 함께 은행에 가 보세."

압둘라는 유누스의 말을 듣고 다시 한 번 용기를 내보기로 했다. 유누스는 방글라데시의 참혹한 현실에 또 다시 고통스러웠다. 어린 시절 유누스가 아버지의 신용까지 무너뜨려 가면서 지켜 주려고 했던 친구 압둘라가 그의 부모처럼 가난의 굴레에서 벗어나지 못한 채 허우적대고 있었기 때문이다. 이 가난한 마을에서 고리대금업자들에게 종속된 사람들이 압둘라 외에도 수십 명에 이르렀다. 이들이 오래된 어망 수리 기계를 바꾸기 위해 고리대금업자에게 빌린 대금은 20여 달러 남짓. 이 돈을 갚지 못해 평생 가난의 늪에서 인간답지 못하게 산다고 생각하니 가슴이 아팠다.

유누스는 어깨가 축쳐진 압둘라를 데리고 치타공에 있는 자나타 국립은행으로 향했다. 자나타 국립은행은 방글라데시에서 가장 큰 은행 중 하나였다.

은행 주변으로 크고 작은 상점이나 식당들이 들어서 있었다. 은행 앞은 언제나 인력거꾼들이 은행 고객을 모셔가느라 분주했다.

"무슨 일로 오셨나요?"

은행에 들어서자마자 은행 유니폼을 곱게 차려입은 여직원이 자리에서 일어서며 물었다.

"네, 돈을 빌리려고 왔는데요."

은행 여직원은 허름한 옷차림의 압둘라와 고급스러운 이슬람 민속 의상을 입은 유누스를 번갈아 보며 다시 물었다.

"어느 분이 빌리시는 건가요?"

"저예요."

압둘라가 조심스럽게 답했다.

여직원은 압둘라를 아래위로 훑어보더니 새침한 눈초리로 쳐다보고는 살짝 인상을 찌푸렸다.

"잠깐만 기다려 보세요."

은행 여직원은 곧이어 돈을 빌릴 수 있도록 작성된 서류를 들고 왔다. 압둘라는 글을 읽을 줄 몰랐다. 모든 서류 작성은 함께 온 유누스의 도움이 필요했다. 은행 여직원은 유누스가 작성한 서류를 가지고 은행 지점장에게 허락을 받기 위해 자리에서 일어났다. 은행 안은 깔끔하고 오동나무를 깎아 만든 세련된 책상들과 장식들이 곳곳에 적당히 배치되어 있었다.

압둘라는 갑자기 은행 분위기에 주눅이 들었는지 어깨를 움츠렸다. 유누스는 걱정할 것 없다는 듯이 압둘라의 손을 꼭 잡았다. 잠시 후 여직원이 자리로 돌아왔다.

"죄송하지만 돈을 빌려 드릴 수 없습니다."

압둘라와 유누스는 동시에 자리에서 벌떡 일어났다.

"왜 돈을 빌릴 수 없다는 건가요?"

압둘라는 격양된 목소리로 물었다.

"선생님은 담보가 될 만한 재산이 없어서 돈을 빌려 드릴 수 없습니다. 죄송합니다."

이내 압둘라는 체념한 듯 고개를 숙였다.

하지만 이번에는 유누스가 나섰다.

"잠깐만요. 내가 직접 지점장을 만나 봐야겠소."

은행 여직원은 할 수 없다는 듯이 유누스를 지점장실로 안내했다. 넓은 창가에 앉아 여유롭게 파이프 담배를 피우던 지점장은 흥분한 유누스를 보고 자리에서 거드름을 피우며 일어섰다.

"지점장님, 드릴 말씀이 있습니다."

"무슨 일이죠?"

"제 친구에게 왜 돈을 빌려 줄 수 없다는 겁니까?"

"그분은 저희가 믿을 만한 담보가 없습니다."

"지점장님이 말씀하시는 믿을 만한 담보라는 게 대체 뭡니까? 돈입니까? 재산입니까? 돈이 있고 재산이 있다면 압둘라처럼 가난한 사람이 왜 은행을 찾아왔겠습니까?"

지점장은 유누스의 말을 잠자코 듣고만 있었다. 유누스는 계속 말을 이었다.

"그는 돈은 없지만 신용이 있습니다. 조브라 마을에서 그처럼 성실한 사람은 없습니다. 그게 바로 압둘라의 신용이고 담보입니다."

유누스는 흥분한 나머지 주먹을 불끈 쥐었다.

"저도 주변 사람들에게 들어서 선생이 하시는 일을 잘 압니다. 하지만 유누스 선생, 가난한 사람들에게는 돈을 빌려 줄 수 없어요. 담보도 없거니와 나중에 못 갚을 가능성도 큽니다. 액수가 적더라도 나중에 못 갚을 경우 저희가 치러야 하는 수고비가 더 많습니다. 그런 푼돈에 시간을 낭비할 순 없지요."

유누스는 푼돈이란 말을 듣고 지점장을 무섭게 쏘아붙

였다.

"지금 가난한 사람들에게 빌려 주시는 그 돈을 푼돈이라고 하셨습니까? 은행에선 그 돈이 푼돈일지 몰라도 가난한 사람들에게는 희망을 줄 수 있는 큰돈입니다."

지점장은 답답하다는 듯이 목소리를 높였다.

"유누스 선생, 선생은 너무 이상주의자예요. 은행은 담보를 근거로 돈을 빌려 주고, 그 이자를 받아 운영되는 곳입니다. 경제학자라는 분이 그것도 모르십니까? 은행은 자선단체가 아니에요!"

유누스는 은행들이 가난한 사람들에게 갖는 편견이 많다고 생각했다. 그런 편견들은 결국 인간에 대한 믿음을 무너뜨리는 것이었다.

"그래요? 그럼 중앙은행에 가서 직접 빌리겠습니다."

지점장의 얼굴에 또 다시 피곤한 기색이 비쳤다.

"중앙은행을 가서도 소용없습니다. 이건 전 세계 모든 은행들의 규칙이니까요."

흥분했던 유누스는 마음을 가라앉히고 차분하게 지점장을 향해 말했다.

"그럼 그 돈을 저에게 빌려 주십시오."

은행 지점장은 갑자기 태도가 공손해졌다.

"선생은 교수시니까 충분히 빌려 드릴 수 있죠, 얼마나 필요하십니까?"

"10만 타카요."

유누스는 자신을 담보로 마을 주민들에 빌려 줄 돈을 필요한 만큼 빌렸다.

"저는 선생님이 무슨 생각으로 그 많은 돈을 빌리시겠다는 건지 압니다. 가난한 마을 사람들에게 담보 없이 돈을 빌려 주시려는 거겠죠."

"잘 아시네요."

지점장과 유누스 사이에 팽팽한 긴장감이 감돌았다. 지점장은 짧은 한숨을 내뱉으며 계속 말을 이었다.

"물론 전 상관없습니다. 저는 유누스 선생의 집과 재산을 담보로 돈을 빌려 주고 꼬박꼬박 이자를 챙기고, 빌려 준 돈을 모두 다 받아 내면 그만입니다. 하지만 선생, 이것만은 명심하세요. 못 갚을 경우 선생을 직접 법정에 세울 수도 있습니다!"

지점장은 유누스에게 다시 한 번 으름장을 놓듯이 말했다.

"선생이 하시는 일이 여기서 멈추지 않을 거라는 것도 잘 압니다만, 담보 없는 대출은 아마 현재 은행의 시스템으로는 힘들 겁니다. 그게 규칙이거든요."

유누스는 나가는 발걸음을 멈춘 채 지점장의 눈을 정면으로 응시하며 말했다.

"그래요. 그럼 기존의 은행들 규칙에 반대로 하면 되겠군요."

유누스는 은행 문을 박차고 당당히 나왔다. 유누스는 사람간의 믿음과 신뢰보다 돈이 담보가 되는 은행 시스템에 깊은 회의를 느꼈다. 그리고 가난한 사람들을 위해 담보 없이 사람의 신용만으로도 돈을 빌려 줄 수 있는 은행을 만들기로 결심했다.

성실과 믿음으로 기적을 이루다

"담보 없이 빌려 준 돈은 가난한 사람들에게
자신감을 심어 주고 험난한 세상과 맞설 용기를 안겨 주었습니다."

"담보 없이 돈을 빌려 드립니다. 돈이 필요하신 분들은
오셔서 빌려 가세요."

몇 시간째 좁은 골목을 돌아다니느라 발은 퉁퉁 붓고 목
은 갈라지는 것 같았다. 걸음을 옮길 때마다 땀으로 범벅된
옷은 물에 빠진 솜뭉치처럼 무겁게 몸을 짓눌렀다. 글을 읽
을 줄 모르는 사람들을 위해 유누스와 제자는 벌써 몇 시간
째 집집마다 돌아다니며 이렇게 외치고 있었다.

은행을 다녀온 이후로 유누스는 가난한 사람들을 위한 은
행이 필요하다고 더욱 절실히 느끼고 있었다. 그래서 방글라

데시의 가난한 마을을 방방곡곡 돌아다니면서 돈이 필요한 사람들을 찾아내 고민을 들어주고 돈을 빌려 주고자 했다.

"저 사람들 대체 무슨 일을 하는 사람들이야?"

"담보 없이 돈을 빌려 준다니 혹시 이상한 종교단체 아닐까?"

마을 사람들은 유누스와 제자를 보며 수군거렸다. 그들이 마을을 돌아다니는 것을 모두들 호기심 반, 두려움 반으로 지켜보았다. 단 한 번도 필요한 만큼의 돈을 제 주머니에 넣어 본 경험이 없는 사람들은 유누스 일행을 시큰둥하게 쳐다봤다. 사람들은 이해할 수 없는 유누스의 행동을 보고 '괴짜 교수'라는 별명까지 붙여줬다.

며칠이나 마을을 돌아다녔을까.

돈이 필요한 가난한 사람들을 일일이 찾아 나서는 일은 생각보다 많은 시간과 인내를 필요로 했다.

구두 뒤축이 닳고 발바닥엔 물집마저 잡혔다. 더 이상 한 발자국도 앞으로 나갈 수 없게 되자 유누스와 제자는 마을 돌담 근처에 자리를 잡고 앉았다. 돌담 너머로 마을 여자들

이 그들을 눈여겨보고 있었다. 유누스가 일어서자 마을 여자들은 재빨리 담 뒤로 숨어 버렸다. 유누스는 마을 여자들에게 쉽게 접근할 수 없었다. 방글라데시의 여자들은 가족을 제외한 다른 남자들에게 얼굴을 드러내는 건 금지되어 있었다. 이를 어기면 심할 경우 목숨을 잃을 수도 있는 이슬람의 엄격한 율법이었다.

어느새 해가 저물기 시작하자 집집마다 굴뚝에선 밥을 짓는 연기가 피어올랐다. 하루 종일 돌아다닌 유누스와 제자는 구수한 밥 냄새를 맡자 시장기가 돌았다.

"선생님, 이렇게 하면 어떨까요? 여자인 제가 직접 집에 들어가 이야기하는 게 좋겠어요."

제자는 이렇게 말한 뒤, 가장 가까운 집을 향해 뚜벅뚜벅 걸어갔다.

"똑! 똑! 주인 계세요?"

안에서 밥을 짓던 여인은 대문을 두드리는 소리를 듣고 얼굴을 가린 채, 대문 앞으로 왔다. 여인은 문을 빠끔히 열어 좌우를 빠르게 살폈다. 제자를 보는 여인의 얼굴에는 낯선 이방인을 경계하는 눈빛이었다.

"무슨 일이세요?"

"실은 하루 종일 걸어다녔더니 목이 말라서 그런데 물 좀 마실 수 있을까요?"

"네, 드릴 밥은 없지만 물이라면 얼마든지……."

여인은 얼른 부엌으로 들어가 물 한 그릇을 떠왔다. 흙으로 지은 담장은 거의 허물어지기 직전이었고, 전기도 들어오지 않아 방 안은 어두컴컴했다. 마당에는 대여섯 명의 아이들이 모여 있었다. 남편은 보이지 않았다. 마당에는 대나무 의자를 짜고 있었는지 재료들이 어지럽게 흩어져 있었다. 제자는 가져온 물그릇을 들어 얼른 목을 축이는 시늉을 하면서 꾹 참았던 말을 꺼내기 시작했다.

"뭔가 만드시는 중이셨나 봐요?"

"네, 매일 저렇게 대나무로 의자를 만들어다가 시장에 내다 팔죠."

당시 방글라데시에 사는 대부분의 여자들은 대나무로 만든 물건들을 시장에 팔아 생계를 유지했다.

"저렇게 내다 팔면 돈이 얼마나 남나요?"

"별로 안 남아요, 6타카요."

"그럼 재료비는 얼마나 드나요?"

"재료비는 제가 직접 사야 하는데 이자가 감당할 수 없을 정도로 비싸요."

여인은 갑자기 어두운 표정을 지으며 울먹이듯 말했다.

"실은 고리대금업자에게 재료비를 빌렸는데 그 이자를 갚는 데에만 하루 수입을 다 주고도 모자라요."

6타카 중에 재료비는 5타카, 대나무 재료를 사서 만든 물건을 시장에 내다 팔고 수입의 절반을 다시 고리대금업자에게 지불한다는 조건으로 돈을 빌렸던 것이다. 장사가 잘되는 날보다 안되는 날이 더 많아질수록 고리대금업자에게 빌린 빚은 눈덩이처럼 늘어만 갔다.

"다른 곳에서 빌려 보실 생각은 안 하셨어요?"

"저희 같은 가난뱅이에게 담보도 없이 누가 돈을 빌려 주나요? 흐흑."

여인은 복받쳤던 울음을 쏟아냈다.

제자는 여인의 어깨를 꼭 감싸면서 위로했다.

"그런 건 걱정 마세요. 방법이 있습니다."

한참 동안을 제자의 어깨에 파묻혀 울던 여인은 '방법이 있다' 는 말에 울음을 그치고 눈빛을 반짝거렸다. 제자는 다시 부드러운 목소리로 말했다.

"저희 유누스 선생님은 담보 없이 돈을 빌려 드립니다. 필요한 만큼 가져다 쓰시고 여유가 되면 천천히 갚으셔도 됩니다."

제자의 말을 듣고 나서 여인은 처음으로 밝게 웃었다.

"정말 그런 게 있나요? 믿기지가 않네요."

하지만 여인은 금세 시무룩해졌다.

"저희 남편은 제가 외출하는 것도 아주 싫어하는데, 돈까지 몰래 빌린다면 기겁할 거예요. 남편이 오면 상의는 해 볼게요."

여인의 남편은 한쪽 다리가 없는 장애자였다. 여인의 어머니는 지참금이 필요 없는 장애자에게 딸을 시집 보냈던 것이다. 장애인이기 때문에 생계를 책임질 수 없었던 남편은 매일 술주정에 폭력만 늘어갔다. 집안의 생계를 책임져야 하는 건 온전히 아내의 몫이었다.

당시 가난한 마을의 여자들은 기아가 닥치면 가족을 위해 가장 먼저 굶었고, 지참금 때문에 끊임없이 고통의 나날을 보내야 했다. 유누스는 여자들을 낡은 악습으로부터 벗어나 게 해주고 싶었다.

제자는 말을 전하고 밖으로 나왔다. 떠나는 제자의 모습을 지켜보던 여인은 기대와 걱정이 한꺼번에 몰려왔다. 결국 여인은 유누스를 찾아오지 않았다. 돈이 필요한 가난한 사람들을 직접 찾아 나선지도 벌써 수개월이 지났지만, 찾아오는 사람은 아무도 없었다. 은행에서 빌리는 돈에 비해 소득은 별로 없고, 까다로운 은행들의 대출 기준을 상대로 자신의 생각을 설득하느라 유누스도 서서히 지쳐가고 있었다.

1977년 10월, 어느 날 유누스는 볼일이 있어서 다카의 한 은행에 잠깐 들렀다. 유누스가 은행 안에서 잠시 기다리고 있는데 그의 곁으로 방글라데시의 농업 은행인 크리시 은행의 총재가 다가오고 있었다.

"하하하. 이게 누구십니까? 그런데 은행에는 어쩐 일로?"

고급스러운 실크 남방에 외투를 걸쳐 입은 총재는 유누스를 보자마자 호탕하게 웃으며 말을 건넸다. 그가 크게 웃을 때마다 그의 거대한 어깨가 바위처럼 들썩였다.

"개인적으로 볼일이 있어 잠깐 들렀습니다."

총재의 얼굴에선 어느새 웃음이 사라지고 마치 유누스를 기다렸다는 듯이 쓴소리를 내뱉기 시작했다.

"유누스 선생은 편하시겠습니다. 일 년에 농업 은행의 금고에서 이유도 없이 수천만 타카가 사라지는데도 당신 같은 학자들은 그저 강 건너 불구경하듯 아무도 나서는 위인이 없어요. 요즘은 정말 제멋대로 굴러가는 방글라데시에 사는 내가 참 부끄럽습니다."

유누스는 고개를 끄덕이며 총재의 쓴소리를 묵묵히 듣고만 있었다. 그의 생각이 틀리지 않다고 생각했기 때문이다. 잠자코 듣고 있던 유누스는 이내 총재에게 한 가지 제안을 내놨다.

"그래서 말인데요. 총재님, 제 얘길 한번 들어 보시죠. 실은 제가 가난한 사람들을 상대로 담보 없이 돈을 빌려 주고 있습니다. 하지만 혼자 몸으로 가난한 사람들을 상대로 대출을 해 주려다 보니 돈을 끌어오는 것도 힘들고, 홍보도 부족해 생각처럼 사람들의 호응을 얻지 못하고 있습니다. 무엇보다 저도 서서히 지쳐갑니다."

유누스의 말을 들은 총재는 눈을 반짝거렸다. 그리고 호기심어린 눈빛으로 진지하게 물었다.

"그럼 제가 어떤 식으로 도우면 되나요?"

유누스는 실로 오래간만에 자신의 뜻을 알아봐 준 은행 총재가 있다는 게 꿈만 같았다.

"매번 돈을 빌릴 때마다 다카 은행 본점의 승인을 받으려면 반년 가까이 걸리고 일을 하는데 어려움이 많습니다. 이제는 저도 기존 은행의 도움을 받아야 할 것 같습니다."

총재는 유누스의 뜻을 알겠다는 듯이 고개를 끄덕였다.

"선생의 말을 듣고 보니 제가 선생을 좀 오해했군요. 사과드립니다. 책만 붙잡고 앉아 방글라데시의 어려운 현실을 외면하는 분들과 확실히 다르네요. 그렇다면 제가 기꺼이 도와 드리죠. 저희 은행에서 조브라 마을에 지점을 하나 만들어 운영하면 어떻겠습니까?"

유누스는 그제야 원하는 답을 얻었다는 듯이 얼굴이 환해졌다.

"네, 바로 그겁니다. 융자금으로 100만 타카를 빌려 주시고 제가 일 년간 조브라 마을의 은행을 운영하게끔 도와주십시오. 일 년 뒤에도 만약 결과가 좋지 않다면 지점을 바로 폐쇄하시면 됩니다."

총재는 흔쾌히 수락했다.

유누스에게도 든든한 지원군이 생긴 셈이다. 유누스가 세우고 싶은 은행은 농촌 지역의 가난한 사람은 물론이고 사회 곳곳에서 가난의 굴레를 벗어나지 못하는 사람들까지 모두 도와줄 수 있는 은행이었다. 그래서 유누스는 크리시 은행이 실험적으로 운영하게 될 조브라 마을의 은행 이름을 '그라민 실험 은행'이라고 지었다. '그라민'은 방글라데시어로 '마을'이라는 뜻이다. 즉 전국 방방곡곡에 있는 마을을 위한 은행인 것이다.

며칠 후 해질 무렵 허름한 집 몇 채가 겨우 자리 잡고 있는 조브라 마을의 한 귀퉁이에 10평방미터(약 3평) 남짓한 건물이 들어섰다. 수리공 여러 명이 와서 기둥을 세우고 뚝딱뚝딱 망치질을 하기 시작했다. 그리고 건물 입구에 〈그라민 실험 은행〉이라고 써진 작은 간판을 붙여 놓았다. 담장 너머로 여인네들은 이 작은 건물이 대체 무엇을 하는 곳인지 신기한 눈빛으로 바라만 보고 있었다. 유누스는 손으로 한 번 더 간판을 쓰다듬어 보았다. 그동안 얼마나 기다려왔던 순간이던가. 도시의 화려한 대리석으로 지어진 은행 건물보다 가난한 마을에 세워진 작고 소박해 보이는 그라민 실험 은행이 유누스에게는 훨씬 더 의미가 있었다. 마을의 여인들은 이때까지만 해도 작고 초라해 보이는 이 건물이 장차 그녀들에게 큰 기적을 만들어 주리라고는 생각하지 못했다.

조브라 지역에 그라민 실험 은행이 들어서면서 유누스는 전보다 더 눈코 뜰 새 없이 바쁜 나날들을 보냈다. 은행의 직원들은 모두 유누스의 제자들로 채워졌지만 매일같이 돈이 필요한 사람들을 직접 찾아다니며 움직이기에는 그 수가 너무 적었다.

또 다시 수개월이 흘렀다.

처음에는 눈길도 주지 않던 마을 여인네들은 이제 유누스와 제자가 마을 골목을 지나다닐 때마다 대나무로 짠 문틈으로 이들을 눈여겨보기 시작했다. 남편들이 모두 집을 비운 사이 여인들은 수십 년 된 탱자나무가 서 있는 마을 공터 안으로 모여들었다. 처음엔 서로 눈치만 보다가 하나 둘씩 말을 꺼내기 시작했다. 제일 먼저 앞을 못 보는 장님을 남편으로 둔 여인이 입을 열었다.

"다들 무하마드 유누스라는 분을 아시죠?"

공터 안에 모인 여인 세 명이 모두 고개를 끄덕였다.

"전 그동안 힘들게 만든 대나무 의자를 팔아봤자 본전도 못 뽑고 번 돈을 고리대금업자에게 뜯기며 살았어요. 그래서 이번에 그라민 실험 은행이라는 곳에 가 볼 생각이에요."

이번에는 옆에 앉아있던 다른 여인이 말을 꺼냈다.

"전 얼마 전에 남편을 여의고 아이를 셋이나 혼자 키우고 있어요. 이번에 둘째, 셋째가 학교를 가야 하는데 등록금이 없어요."

두 여인들의 말을 듣고 있던 나이가 제일 많은 여인이 이어서 말했다.

"우리 애가 며칠 전 밖에서 놀다 심하게 다쳤는데 병원에 갈 돈이 없어요. 흑흑……."

마을의 여인들은 공터에 앉아 저마다 힘겹게 살아온 세월을 서로에게 털어놨다. 그러던 중 장님의 아내가 자리에서 벌떡 일어났다.

"자, 이러고 있지만 말고 그라민 실험 은행에 직접 가 봅시다. 가서 그곳이 어떤 은행인지, 우리들 사정을 잘 들어주고 정말 돈을 빌릴 수 있는 곳인지 알아보자고요."

나머지 두 여인도 벌떡 자리에서 일어섰다. 여인들은 입을 굳게 다물고 주먹을 불끈 쥐었다. 그리고 잘 닦여지지도 않은 마을의 좁은 길을 따라 한참 걸어 내려왔다. 얼굴 표정에는 다들 비장함마저 감돌았다.

하지만 한참을 걸어왔는데도 그라민 실험 은행은 보이지 않았다. 거리 한복판에 대나무를 켜켜이 짜서 올린 낡은 지붕 아래 투박한 벽돌로 담을 메운 작고 허름한 건물이 눈에 들어왔다. 건물 앞에 〈그라민 실험 은행〉이라는 간판이 없었다면 그냥 지나칠 뻔 했다.

화려한 은행 건물들만 봐왔던 여인들은 작고 초라해 보이는 건물이 그라민 실험 은행이라고 생각하니 갑자기 다리에 힘이 풀렸다. 먼 길을 괜히 왔나 싶은 생각마저 들었다. 하지만 여기까지 와서 다시 돌아갈 수는 없었다. 세 여인들은 그라민 실험 은행으로 걸어 들어갔다. 자신들의 허름한 집만한 크기의 좁은 공간에는 책상 하나와 의자 하나 그리고 '살고자 하는 강한 의지는 기적을 만든다' 라는 글귀가 벽에 걸려 있었다.

유누스와 제자는 그라민 실험 은행을 찾아온 첫 방문객을 보고 깜짝 놀랐다. 그동안 발품을 팔면서 마을을 돌아다닌 수고가 헛되지 않았던 것이다.

"저희 은행에 첫 고객으로 오신 걸 진심으로 환영합니다. 오시느라 수고 많으셨습니다."

여인들은 사리로 얼굴을 가린 채 부끄럽게 유누스와 인사를 나누었다.

"그런데 저희같이 가난한 사람들이 돈을 빌리는 게 가능한 일인가요?"

장님 남편을 둔 부인은 이렇게 말하면서 초라해 보이는 그라민 은행의 내부를 눈으로 훑었다.

"그럼요, 물론입니다. 걱정 마시고 필요한 금액을 말씀하세요. 필요한 만큼 빌려 드리고 돈은 형편이 되는대로 천천히 갚으셔도 됩니다."

"그런데 은행이 좀⋯⋯."

장님 남편을 둔 부인이 말을 하다 말끝을 흐렸다.

유누스는 크게 웃으며 말했다.

"저희 그라민 실험 은행은 다른 은행과 달리 고객이 직접 은행을 찾아가는 게 아니라 저희가 고객에게 먼저 가서 도움을 드리고 있지요. 그러니 굳이 사무실이 크고 화려할 필요가 없겠지요."

여인들은 그제야 마음이 놓였다. 가난한 사람들은 은행 직원이 내민 서류를 읽을 줄 모르는 경우가 많았고 담보가 없기 때문에 은행에서 제대로 된 대출을 받아 본 경험이 적었다. 그래서 커다란 은행 건물만 봐도 입구에서부터 지레 겁을 먹었다. 유누스는 이런 모습을 지켜보고 그라민 실험 은행을 다른 방식으로 운영하기로 결심했던 것이다.

"그런데 저희에게 뭘 보고 돈을 빌려 주신다는 건가요?"

유누스는 다시 말을 이었다.

"저희 은행에서 대출을 받기 위해서는 여러분이 가난하다는 것만 증명하면 됩니다."

이 말을 듣자 여인들은 무슨 말인가 어리둥절했다.

"저희 은행의 담보는 성실성입니다."

여인들은 안심이 됐는지 표정이 금세 환해졌다. 세상에서 자신이 가진 재산이 아니라 가난하다는 것만 증명하면 대출을 해 주는 은행이 있다는 게 마냥 신기할 따름이었다. 여인들은 서로 경쟁하듯 자신의 처지를 설명했다.

"전 과부인데 아이들을 학교에 보낼 등록금으로 30타카가 필요합니다."

"제 아들이 다쳤는데 병원비 15타카가 없어서 못가고 있어요."

"전 대나무 재료를 많이 사다가 물건을 만들어 팔아 번 돈으로 아이들을 배불리 먹이고 싶어요. 또 큰 애는 그동안 학교도 못 보냈는데 다시 보내고 싶고요. 20타카 정도만 있으면 될 것 같아요."

유누스는 그동안 마을을 오랫동안 돌아다닌 탓에 그 누구보다도 여인들의 처지를 잘 이해했다. 그동안 이 여인들이 남편들을 대신해 얼마나 힘든 시간을 보내 왔는지 느낄 수 있었다. 유누스는 왜 진작 가난한 사람들을 위한 은행을 만

들지 못했는지 안타까울 뿐이었다.

유누스는 여인들에게 필요한 돈을 차례대로 나누어 주었다.

"그런데 돈을 빌려 갈 때는 몇 가지 규칙이 있습니다."

여인들은 돈을 받다가 규칙이 있다는 말에 의기소침해졌다.

"놀라실 건 없습니다. 지금 오신 분들이 한 팀이 되어서 끝까지 대출을 다 갚을 수 있었으면 좋겠어요."

여인들은 걱정 어린 시선으로 유누스를 쳐다봤다. 유누스는 여인들에게 따뜻한 미소를 지으며 다시 말을 계속 했다.

"만약 둘 중 누군가 돈을 갚지 못하는 사람이 발생하면 이때 먼저 갚을 수 있는 사람이 일자리를 소개시켜 주고 도움을 준다면 신뢰감도 쌓이고 일을 쉽게 해결할 수 있지 않겠어요? 그러면서 형편이 나아질 때마다 와서 빌려 간 돈을 조금씩 갚아나가면 되는 겁니다."

여인들은 처음엔 당황했지만 유누스의 말을 다 듣고 나자 안심이 되었다.

"네, 그렇게 해 본 적은 없지만 일단 노력은 해 볼게요."

단 한 번도 제대로 돈을 빌린 적이 없는 가난한 사람들은 상황이 여의치 않으면 돈을 갚을 수 있는 의지가 약해질 가능성이 컸다. 이를 보완하기 위해서 사람들 사이에 믿음을 바탕으로 한 팀을 이뤄 서로가 서로를 책임지는 '인간띠'를 만든 것이다. 가난한 사람들에게 있어 운명을 개척하는 일은 끊임없는 삶에 대한 강한 의지와 인내를 필요로 했다.

여인들은 그날 태어나 처음으로 필요한 만큼의 돈을 주머니에 넣을 수 있었다. 방글라데시에 사는 여자에게서는 도저히 있을 수 없는 기적 같은 일이 일어난 것이다.

유누스는 여인들이 빌려 간 돈을 어떻게 갚아 나가는지를 살펴보기로 했다. 물론 필요한 돈을 담보 없이 빌려 주긴 했지만 돈을 어디에 어떻게 쓰는 건 순전히 빌려 간 사람들의 몫이었다. 유누스는 돈의 회수가 목적이 아니라 사람들로 하여금 스스로 돈을 갚아 나갈 수 있다는 희망을 만들어 주고 싶었다.

★

그라민 실험 은행에서 처음으로 돈을 빌려간 후 6개월이 지났다. 이 작고 가난한 조브라 마을에서도 서서히 변화가 일어나고 있었다.

시장에서는 유일하게 전기가 들어오는 가게가 있었다. 가장 먼저 가게 문을 열고 가장 늦게 닫는 대나무 공방이었다. 가게 안에서는 장님을 남편으로 둔 아내가 대나무와 대나무 가방을 정성껏 손으로 짜고 있었다. 여인의 얼굴엔 전과 달리 활력이 느껴졌다. 가게를 찾아온 유누스와 제자를 본 여인은 하던 일을 멈추고 반갑게 그들을 맞았다.

"어머, 유누스 선생님 아니세요?"

"어때요? 장사는 잘 됩니까?"

여인은 자신의 인생에서 요즘이야말로 가장 살 맛 난다고 말했다. 그녀는 5타카로 제일 먼저 대나무 재료를 사서 대나무 의자를 만들어 거리에서 팔았다. 하지만 고리대금업자에게 비싼 이자를 내지 않아도 되기 때문에 평소보다 두 배나 이익을 남길 수 있었다. 여기서 번 돈으로 일부는 그라민 은

행의 대출금을 갚고 나머지 돈으로는 텃밭을 사서 대나무 씨
앗을 뿌렸다. 정성스럽게 가꾼 밭은 기름지고 풍성한 땅으로
변했다. 찰지고 기름진 땅에서 경작을 해서 대나무도 직접
팔고 여기서 얻은 돈으로 조금씩 저축할 여유도 생겼다.

그때 아이들이 들어왔다.

"엄마, 오늘은 어떤 반찬 해 주실 거예요?"

"오늘은 쌀밥에 야채 볶음을 해 주마."

유누스는 그 광경을 흐뭇하게 지켜봤다.

그리고 돈을 빌려 간 다른 여인이 어떻게 살고 있는지 살
펴보기 위해 길을 나섰다. 조브라 마을 어귀를 지날 때였다.
아이 셋을 홀로 키우던 과부는 그라민 실험 은행에서 빌려
간 돈으로 아픈 아이를 병원에 데려가 치료했고, 아이들 등
록금도 해결했다. 그리고 남은 돈을 모아 새로운 음식 장사
를 시작한다고 했다. 이처럼 가난 속에서 생을 끝까지 포기
하지 않고 살아남으려는 여인들의 강한 의지는 그들의 삶을
새롭게 바꾸어 놓았다. 유누스는 제자들과 틈틈이 마을 사
람들에게 글도 가르쳤다. 그들은 이제 더 이상 은행이나 고
리대금업자에게 손을 내밀지 않아도 됐다.

그라민 실험 은행에서 대출을 받아간 여인들이 자립에 성공하는 것을 보고 가난에 허덕이던 다른 여인들도 하나 둘씩 그라민 실험 은행으로 몰려들기 시작했다. 매일 끝도 보이지 않을 정도로 긴 줄이 이어졌다. 조브라 지역에서 처음 시도한 그라민 실험 은행은 그렇게 서서히 자리를 잡아가고 있었다.

시간이 지날수록 그라민 실험 은행을 통해 자립을 해 나가는 여인들이 늘었다. 집안에서 남편에게 허락을 받아야만 외출이 가능했던 여인들은 이제 남편의 허락 없이도 원하면 언제든지 세상 밖으로 나올 수 있었다. 어디를 가나 거리에는 여인들이 넘쳐났다. 이를 지켜 본 남편들과 종교지도자들, 그리고 마을을 책임지고 있는 촌장은 여인들의 갑작스러운 변화에 불안했다.

담보 없이 가난한 사람들에게 돈을 빌려 주는 것을 본 적이 없던 남자들은 그라민 실험 은행이 여자들을 끌어내 매

춘부를 시키고 노예로 팔아먹거나 기독교 신자로 개종시키려 한다는 흉흉한 소문에 손가락질까지 해댔다.

쾅! 쾅! 쾅!

"내 아내를 집으로 돌려 달라."

이른 아침부터 촌장과 마을의 남자들, 그리고 종교지도자들 수십 명이 삽과 곡괭이를 들고 그라민 실험 은행으로 달려왔다.

"무슨 일입니까?"

유누스가 몰려온 남자들을 향해 침착하게 말했다.

그 중 가장 나이가 많고 체격이 깡마른 촌장이 앞장서서 말했다.

"유누스 선생, 당신은 이슬람 사회의 전통을 흔들고 있소. 당신이 하는 행동은 반이슬람주의자가 하는 행동이란 말이오. 당장 멈추시오!"

늙은 촌장은 유누스를 성난 눈빛으로 쏘아봤다.

이번엔 다부진 체격의 다른 남자가 나섰다.

"매일 내 아내에게 공짜로 돈을 빌려 주는 척하면서 낮에는 일을 시키고, 밤에는 술집에 팔아 버리는 인신매매 집단이라 들었소. 앞으로 내 여자를 허락 없이 데려갔다간 가만 두지 않겠소!"

남자들은 일제히 삽과 곡괭이로 그라민 실험 은행의 간판을 부수고 마구 짓밟았다. 남자들은 그라민 실험 은행 때문에 사회 분위기가 변해 자신들의 권위가 무너질까봐 두려워하는 듯했다. 유누스가 다시 남자들 앞으로 나섰다.

"저는 매일 하루에 다섯 번씩 코란 경전을 읽으며 예배를 드리는 이슬람 신도입니다. 여러분이 흥분하신 이유는 충분히 알겠습니다만, 저희는 어려운 분들을 직접 찾아가 도움을 드리고 있는 것뿐인데 그게 이슬람 전통의 벽을 깰 만큼 위험한 행동인가요?"

남자들은 유누스가 독실한 이슬람 신도로 이슬람 전통을 오히려 지키려 한다는 주장에 대해 선뜻 반박하지 못했다. 그의 말대로 어려운 사람을 돕는 것은 이슬람 전통을 지키는 것이지, 무너뜨리는 것이 아니었다.

하지만 호락호락 물러날 남자들이 아니었다. 그 중 덩치 큰 남자가 유누스 앞으로 성큼성큼 다가와 유누스의 멱살을 잡고 소리쳤다.

"그걸 당신이 어떻게 증명할거요?"

"저는 여러분이 아무리 뭐라고 해도 어려운 분들을 찾아 필요한 만큼 계속 돈을 빌려 드릴 것입니다. 앞으로 6개월 만 지켜봐 주십시오. 그 뒤에도 그라민 실험 은행에서 돈을 빌려 간 분들이 여전히 가난하게 산다면 그라민 실험 은행 의 문을 닫겠습니다."

남자들로선 손해 볼 것이 없는 제안이었다. 자신들의 가 난을 6개월 안에 해결해 주겠다는 말을 꼭 믿는 것은 아니 었지만 그 정도 시간이라면 기다려 봐도 나쁘지 않다고 생 각했다.

남자들은 삽과 곡괭이를 내려놓은 채 각자 집으로 발길을 돌렸다.

이 사건 이후에도 유누스는 꾸준히 마을의 여인들에게 필 요한 돈을 빌려 주고 필요한 교육도 시켜줬다. 그동안 황량 했던 들판에는 풍성한 곡식이 익어갔고 허물어져가던 담장은 어느새 새로운 집으로 바뀌어 갔다. 무엇보다도 새롭게 바뀐 건 마을의 골목에서 가난의 무게에 짓눌려 살던 아이들의 표정이 밝아진 것이었다. 집집마다 아이들의 웃음소리가 끊이지 않았다. 남편들도 아내가 돈을 벌어 수입을 내자 곁에서 일을 거들기 시작했다. 이제 더 이상 대나무 사립문 담장 밑에는 아이들과 부둥켜안고 울며 지내던 여인네들의 모습은 찾아볼 수 없었다. 집집마다 행복한 기운이 넘쳤다.

"유누스 선생님, 정말 감사합니다. 당신 말대로 우리가 가난의 늪에서 벗어나고 있습니다."

6개월 전 삽과 곡괭이를 들고 유누스를 찾아왔던 마을의 남자들이 이번에는 저마다 수확한 곡식을 한가득 안고 유누스를 다시 찾았다. 늙은 촌장도 지팡이를 짚고 유누스에게 과일 한 바구니를 안기며 말했다.

"고맙소, 정말 고맙소. 평생 가난에서 헤어나지 못할 줄 알았는데, 유누스 선생 덕분에 이제 더 이상 고리대금업자들에게 시달리지 않게 되었소. 감사하오."

마을 사람들은 모두 유누스를 얼싸안고 기뻐했다. 유누스도 마을 사람들의 희망찬 모습 속에서 기운이 절로 났다. 이제 그들은 스스로의 운명을 탓하기 보다는 돈이 필요하면 두려움 없이 얼마든지 세상 밖으로 나가 원하는 만큼 돈을 벌 수 있는 방법을 터득했다. 그들은 태어나서 처음으로 자신감을 갖게 됐다. 자신감은 편견을 깨게 만들었고 험한 세상과 맞설 용기를 안겨주었다.

유누스와 제자는 마을을 돌아보다 문득 가을 들판을 바라봤다. 들판에는 곡식이 풍성하게 익어가고 있었다. 들판 위로 풀벌레 우는 소리가 간간히 들려왔다. 바람이 불 때마다 들녘에선 알맞게 익은 열대과일 특유의 향이 베어났다. 제자가 앞서 걸어가던 유누스에게 말을 걸었다.

"저게 바로 교수님께서 가르쳐 주셨던 파이의 경제학이군요."

"그렇지. 하지만 이건 시작에 불과하단다. 아직 갈 길이 멀어."

유누스는 풍성한 가을 들녘을 바라보면서 마을 사람들이 과일을 수확해 팔 생각을 하니 벌써부터 마음이 훈훈해졌다.

탕가일 마을에서 가난과 벌인 투쟁

"자리에 모인 은행가들은 그라민 실험 은행 프로그램을
전국으로 확대할지라도 성공할리 없다는 표정들이었습니다."

대나무 격자무늬 창살 틈으로 맑은 햇살이 비쳤다. 그라
민 실험 은행을 찾는 마을 사람들의 발걸음이 잦아지면서
유누스도 덩달아 바빠졌다. 잠자는 시간을 잊을 정도였다.
유누스는 어제도 남은 일을 하다가 자신도 모르게 책상 위
에서 잠이 들었다.

유누스는 자리에서 일어나 창문을 열어젖히고 크게 하품
을 했다. 앞에 내다보이는 복서핫 거리는 릭샤*를 운전하는

✱ **릭샤** 인도와 방글라데시에서 오토바이를 개조해 인력을 이용하는 교통수단입니다.

사람들과 거리 좌판에서 물건을 파는 상인들로 북적였다.

이때, 유누스의 집 앞 우편함으로 한 통의 편지가 배달됐다. 방글라데시의 중앙은행이 주최하는 가난한 농촌의 문제를 해결하기 위한 은행의 역할을 주제로 세미나를 개최한다는 내용이었다. 유누스는 조브라 마을에서 그라민 실험 은행을 성공시킨 경험을 인정받아 세미나에 초대받았다.

며칠 후 유누스는 세미나 참석을 위해 다카시의 중앙은행 옆 건물로 들어섰다. 이곳에는 이미 세계 각국에서 정상급 경제 전문가들이 참석해 있었다. 책상 위에는 저마다 두툼한 학술 자료들이 놓여 있었다. 유누스가 지나가자 그들은 귓속말로 소곤소곤 댔다. 유누스는 신경 쓰지 않으려고 애썼다. 드디어 세미나를 맡은 사회자가 들어오고 본격적인 회의가 시작됐다. 경제 전문가들이 가난한 농촌의 문제 해결을 위한 은행의 역할에 대해 자신들의 의견을 차례로 내놨다. 가장 먼저 미국의 오하이오 대학에서 온 전문가가 물꼬를 텄다.

"저는 시중의 금리를 아주 높게 책정해서 대출을 해줘야 한다고 생각합니다. 그래야 책임감이 높아져 대출금을 제대로 갚게 될 것입니다."

그러자 옆에 있던 다카시의 한 은행 전문가도 맞장구를 쳤다.

"맞아요. 대출 조건을 좀 더 까다롭게 만들어야 해요. 그래야 능력도 안 되는 사람들이 너도나도 대출 받겠다며 은행 문을 열고 들어오지 않죠. 대출은 그만큼 신중하게 고려해서 받아야 합니다."

여러 경제 전문가들은 그들의 말을 경청하며 고개를 끄덕였다. 하지만 유누스의 생각은 달랐다.

드디어 유누스에게도 발언 기회가 왔다.

"아니요, 저는 그렇게 생각하지 않습니다. 갚을 능력도 없는 농민들에게 높은 금리를 부담하게 한다면 그건 농민을 두 번 죽이는 일입니다. 높은 금리는 은행의 이익은 높여 주겠지만 정작 농민들의 부담을 키울 뿐입니다. 저는 은행들이 금리를 낮추는 게 옳다고 생각합니다. 제가 조브라 마을에서 가난한 사람들에게 그라민 실험 은행 대출을 실시했을 때에도 금리가 낮을수록 원금을 갚아 나가는 속도가 훨씬 빨랐습니다."

유누스의 발언이 끝나자 세미나실이 술렁였다. 세계 각국의 경제 전문가들은 유누스의 발언을 두고 서로 귓속말을 주고받았다. 이때 세미나실 맨 끝자리에 앉아있는 한 은행가가 답답하다는 듯이 목소리를 높였다.

"유누스 선생, 당신은 지금 방글라데시의 조그맣고 가난한 마을에서 성공한 실험 은행을 가지고 마치 다른 곳에서도 성공할 수 있을 거라고 착각하는 것 같군요. 그라민 실험 은행은 아주 특수한 사례일 뿐입니다. 일반화하는 건 곤란해요."

세미나 참석자들은 대부분 고개를 끄덕였다. 누구 하나 유누스의 말에 동의하는 사람은 없었다. 하지만 잠자코 듣고만 있을 유누스가 아니었다.

"좋습니다. 그렇다면 그라민 실험 은행을 조브라 지역이 아닌 다른 지역에서 시도해 볼 수 있도록 해 주십시오. 그러면 그곳에 가서 저희 그라민 실험 은행 프로젝트를 전국으로 확대해 보겠습니다."

그러자 이번에는 나이가 많이 든 다카시의 한 은행 지점장이 말을 이었다.

"좋소. 그렇다면 탕가일로 가서 성과를 한번 내 보시오."

각 국영 은행들은 탕가일 지역에 19개의 지점을 할당해 주었다. 유누스는 한 치의 머뭇거림도 없이 곧바로 대답했다.

"좋습니다. 그렇게 하지요."

1979년 6월 6일, 유누스는 세미나를 다녀온 이후로 방글라데시의 관료와 은행가들의 비난을 잠재우기 위해 치타공 대학교에 2년간 휴가를 내고 곧장 그라민 실험 은행 직원들과 함께 탕가일 지역으로 향했다. 방글라데시의 수도 다카에서 북쪽으로 72킬로미터 떨어진 곳에 위치한 탕가일. 마을 입구부터 매캐한 최루탄과 화약 냄새가 코를 찔렀다. 은행 직원들은 모두 자리도 잡기 전에 머리와 배가 아팠다.

탕가일은 이미 한 차례 극심한 내란이 휩쓸고 지나간 후였다. 불에 타다 남은 나뭇가지마다 흉흉한 물건들이 매달려 있었고, 마을의 집과 건물들은 지붕이 부서지고 담장이 허물어진 채 유령처럼 서 있었다. 아무리 찾아봐도 사람의 흔적이라고는 찾아볼 수 없었다.

"선생님, 우리는 돈 안 받아도 좋으니까 다른 지역에 가서 일하면 안 될까요?"

겁에 잔뜩 질린 은행 직원이 어깨를 움츠렸다.

"그래요. 가난한 사람들 구해 준다고 이런 데서 돌아다니다 괜히 무장 게릴라군에 잡히기라도 하는 날에는……."

폐허가 다 된 마을 안에는 자칫 조금이라도 발을 잘못 디뎠다가는 땅속에 묻힌 지뢰가 터져 목숨을 잃을 수도 있었다.

"아니요. 이번 탕가일 프로젝트를 통해 그라민 실험 은행 프로그램이 조브라 마을 외에서도 적용 가능하다는 것을 기존 은행들에게 보여 주어야 합니다. 우리는 그동안 이보다 더 척박한 곳에서도 잘 견뎠습니다. 자, 힘을 냅시다."

유누스는 직원들이 걱정하는 게 무엇인지 누구보다도 잘 알았다. 하지만 그렇다고 해서 이곳에 있는 가난한 사람들을 그냥 지나쳐 갈 수가 없었다. 유누스는 장갑을 끼고 바닥에 굴러다니는 탄환을 제거했다. 그리고 공구 통을 가지고 와 바닥에 말뚝을 박고 작고 아담한 건물을 지었다. 그 앞에 〈그라민 실험 은행 지점〉이라고 쓰여진 현수막도 걸었다.

건기 때라 한낮엔 뙤약볕이었다. 유누스와 직원들은 덥고 습한 날씨엔 아랑곳하지 않고 마을을 돌아다니면서 돈이 필요한 가난한 사람들을 계속 찾아다녔다. 담장이 허물어지고 건물이 내려앉은 틈 사이로 온몸이 검게 그을린 깡마른 아이들이 발가벗고 천진난만하게 뛰어놀고 있었다. 그 뒤로 나이 들어 보이는 야윈 여자가 서 있었다. 유누스는 그 여자에게로 다가갔다.

"아주머니, 저희는 담보 없이 돈을 빌려 드립니다. 그라민 실험 은행으로 오세요."

여자는 앞에서 놀고 있던 실오라기 하나 걸치지 않은 아이를 냉큼 끌어내 품에 안았다.

"뭐라고요? 우리 그딴 거 필요 없어요! 지금 주변을 보세요. 이런 곳에서 뭘 빌리라고요?"

여자는 아이를 끌어안으며 분노에 찬 눈빛으로 유누스를 쳐다봤다.

"당신들도 반정부 단체인거 내가 모를 줄 알아?"

전쟁이 길어질수록 탕가일은 많은 것이 변했다. 서로에 대한 불신은 극에 달했고 마을 주민들은 새로운 사람들의 등장에 아주 민감하게 반응했다. 여자는 내란 중에 남편을 잃고 큰 아들은 반군이 되어 지금 이 지역을 떠돈다고 했다. 낯선 사람들이 자신의 아이를 쳐다보는 것만으로도 그들에게는 충분히 위협적으로 느껴졌다. 유누스는 한창 어머니의 사랑을 받으며 자랄 나이에 적을 향해 총을 겨누고 있을 그녀의 아들을 생각하니 가슴이 아팠다.

온종일 마을 여기저기를 걸어다닌 탓에 유누스와 직원들은 다리가 아팠다. 뙤약볕에서 그늘을 겨우 찾아 잠시 한숨을 돌리고 있었는데 갑자기 하늘에서 구멍이라도 뚫린 것처럼 한차례 소나기가 내렸다. 유누스와 직원들은 급히 허물어져 가는 담 밑에 몸을 피했다. 그때였다. 갑자기 그들 등 뒤에서 검은 옷을 입고 복면을 쓴 사내 여섯 명이 나타나 유누스와 직원들에게 총을 겨누었다.

"한 발자국이라도 움직이면 쏜다. 가진 게 있으면 다 내놔!"

복면을 쓴 사내들은 유누스와 직원들을 밧줄로 묶은 뒤 바닥에 꿇어 앉혔다. 그러나 유누스는 침착성을 잃지 않았다. 복면 사이로 드러난 눈빛이 어림잡아 10대 후반 정도로 앳되어 보였다. 사내들은 유누스의 목에 더 깊숙이 총을 들이댔다.

"할 말이 있소!"

유누스가 말했다.

"뭔가?"

"협상을 합시다!"

"협상? 우린 그런 거 따윈 몰라."

유누스는 침착하게 사내들을 향해 말을 이어갔다.

"나에게는 돈이 있소. 당신에게는 무기가 있죠. 하지만 당신들은 내 돈을 뺏을 수 없을 거요. 돈은 은행 금고에 있기 때문이오."

복면을 쓴 사내들은 서로 눈빛을 주고받았다. 유누스는 애써 당당한 태도로 제안했다.

"나는 이곳에 당신들과 함께 남겠소. 대신 우리 직원을 보내 돈을 가져오게 하면 어떻겠소?"

복면을 쓴 사내들은 고개를 끄덕였다. 유누스는 이번 일을 통해 이들에게도 돈을 빌려 줄 참이있다.

다음 날 아침, 찬 공기를 뚫고 해가 떠오르고 있었다. 은행 직원이 숨을 헐떡이며 모습을 드러냈다. 그의 품에는 돈이 든 가방이 들려 있었다. 복면을 쓴 사내들은 곧바로 돈 가방만 빼앗고 유누스와 은행 직원에게 다시 총을 겨눴다.

"당신들은 후회하게 될 거요. 지금 그 돈으로 뭘 할 수 있겠소? 좀 더 큰돈을 빌려줄 테니 총을 거두고 나랑 얘기를 좀 합시다."

"시끄러워! 우린 반군 활동을 하는데 필요한 무기를 살 돈만 있으면 돼. 순진하기는……."

사내들은 유누스와 은행 직원에게 겨눈 총의 방아쇠를 당길 자세였다. 유누스는 조용히 눈을 감았다.

그때였다.

"압쌈나, 안 된다!"

큰 아들이 반군이 돼 떠돌고 있다며 한탄하던 여자의 목소리가 들려왔다. 여자의 목소리는 불안하고 가늘게 떨렸다.

"이 사람들은 우릴 위해 일하는 사람이야. 총으로도 할 수 없는 일을 하시는 분이야!"

복면을 쓴 사내는 어머니의 말을 듣자 눈물을 글썽였다. 나머지 사내들도 이 광경을 보자 하나같이 눈물을 흘렸다.

그리고 모두 복면을 벗고 소총을 바닥에 내려놨다. 복면 위로 드러난 얼굴들은 10대 후반에서 20대 초반의 어린 청년들이었다. 압쌈나는 어머니와 얼싸안으며 참았던 눈물을 흘렸다.

이 사건 이후로, 마을 사람들은 그라민 실험 은행 사람들에게 조금씩 마음을 열기 시작했다. 폐허에 가깝던 마을은 반군세력이었던 사내들이 서서히 가족 곁으로 돌아오면서 분위기가 달라졌다. 유누스에게 총을 겨누었던 남자들은 하나 둘씩 그라민 실험 은행의 어엿한 직원이 됐다. 그들은 그라민 실험 은행에서 빌려 간 돈으로 지붕 재료를 사고 무너진 담을 메워 나갔다. 밤늦게까지 사람들과 함께 일을 하면서 폐허가 된 마을을 복원하는데 앞장섰다.

마을은 어느새 새로운 세상으로 바뀌어 갔다. 내란 때문에 무법천지 같았던 탕가일 지역은 이제 새로운 세상을 받아들일 준비를 하고 있었다.

그렇게 2년여의 시간이 흘렀다.

1981년 말, 죽음을 무릅쓰고 전쟁 같은 폐허 속에서도 가난한 사람들을 구해 준 그라민 실험 은행 프로젝트는 여러 사람들의 입소문을 타고 인근 지역으로 빠르게 퍼져 나갔다.

1982년부터 그라민 실험 은행 프로젝트는 방글라데시 중앙에 있는 다카와 남동부의 치타공, 북동부의 랑푸르, 다카 북쪽에 자리 잡고 있는 탕가일, 다카의 남쪽에 있는 파투아칼리까지 확대되어 나갔다. 그라민 실험 은행에 대한 기존 상업 은행의 우려는 그렇게 서서히 잠식되어가는 듯 보였다.

그라민 은행의 괴소문을 잠재워라

"그라민 은행의 소액융자 제도는
낡은 사고방식과 맞부딪쳐야 했을 뿐 아니라
고약한 악습들과 싸워 이겨야 했습니다."

이른 아침부터 고철을 잔뜩 실은 크레인 차가 분주하게 움직였다. 다카시에 있는 자나타 국립은행 앞으로 대리석 고층 빌딩이 사라지고 그 자리에 그라민 실험 은행 건물이 들어서고 있었다.

전기톱으로 잘라낸 재활용 파이프는 기둥이 되고 그 위로 높은 지붕이 얹어지고 회백색의 페인트가 입혀졌다. 자나타 은행 앞에 자리 잡았던 음식점과 액세서리 가게들은 온데간데없이 사라지고 그 자리에는 그라민 실험 은행 지점들이 늘어갔다.

아침부터 오래도록 창가에 서서 건너편에 들어서고 있는 그라민 실험 은행을 보던 자나타 은행의 지점장은 서서히 울화가 치밀어 올랐다. 그라민 실험 은행이 들어서기 무섭게 건물 앞에는 가난한 사람들이 길게 늘어섰다. 반면 맞은편에 있는 자나타 은행에는 서류 정리를 하는 직원들만 몇 명 보일뿐 고객을 찾아보기 힘들 정도로 썰렁했다.

'도대체 저 빌어먹을 그라민 실험 은행 때문에 되는 게 하나도 없어.'

유누스는 전국 방방곡곡을 돌아다니면서 가난한 사람들을 구제하는데 성공했다. 이제는 그 수가 헤아리지 못할 정도로 많아지자 이자로 돈을 불리는 기존의 상업 은행에게 위협적인 존재가 되어 버렸고, 가난한 사람들에게 높은 이자로 돈을 빌려 주었던 고리대금업자들은 궁지에 몰리게 됐다. 다른 은행 고객 중에는 심지어 왜 그라민 실험 은행같이 담보 없이 돈을 빌려 주는 제도가 없느냐고 지점장에게 호통을 쳤다.

따르르릉.

은행 지점장 책상 위에 있는 전화벨이 크게 울렸다. 지점장은 오랫동안 들고 있던 파이프 담배를 책상에 내려놓으며 수화기를 들었다.

"네, 자나타 국립은행입니다."

"이보시오, 은행 지점장님, 지금 그라민 실험 은행은 가난한 사람들을 위한다면서 우리 같은 상업 은행들의 고객까지 쏙쏙 빼가고 있는데 보고만 있을 겁니까? 이러다 나중에 그라민 실험 은행으로 고객들이 다 몰려가기라도 한다면……."

수화기 건너편에서는 말끝이 흐려졌다. 은행은 담보와 대출로 운영이 되는 기관인데 그라민 실험 은행은 담보를 무시한 채 돈을 빌려 주고 있었기 때문에 기존 은행들의 반발이 심해졌다. 각 지점의 은행장들은 더 이상 그라민 실험 은행이 커 가는 것을 두고 볼 수 없었다.

그에 반해, 유누스는 요즘 그 어느 때보다도 일하는 게 신이 났다. 며칠 째 다리가 붓도록 돌아다니고 나면 어김없이 얼마 지나지 않아 그 자리에 새로운 그라민 실험 은행이 들어섰다. 처음엔 끝도 보이지 않던 일들이 이제 서서히 결과물로 드러나고 있는 것이다.

유누스는 평소처럼 직원들과 아침 회의를 마치고 업무에 들어가기 위해 거리로 나오려던 참이었다. 그때 고급스런 정장을 차려입은 지점장들이 우르르 그라민 실험 은행 앞으로 몰려들었다. 유누스는 그들의 갑작스런 방문에 놀란 표정으로 물었다.

"저희 은행에 무슨 볼일이라도 있습니까?"

방글라데시의 각 지역의 은행 지점장들은 모두 불만스러운 표정을 지었다.

"제가 듣기론 그라민 실험 은행은 무담보로 돈을 빌려 준다고 선전하지만 사실은 시중 은행보다 더 까다롭다는 소문이 파다합니다."

"말로는 담보 없이 돈을 빌려 준다고 해놓고선 사람을 상대로 보증을 서게 한다더군요. 더구나 금리도 터무니없이 높다면서요."

유누스는 몰려온 사람들을 황당한 눈빛으로 쳐다봤다. 하지만 이런 때일수록 차분히 대응해야 한다고 생각했다.

"그 소문은 근거가 있는 건가요?"

"네, 지금 그걸 확인하기 위해 이렇게 온 겁니다. 만약 사실이라면 그라민 실험 은행을 더 이상 확장하시는 건 힘들 거 같은데요."

은행 지점장들은 저마다 서로의 얼굴을 쳐다보며 수군거렸다.

"네, 다 맞습니다. 하지만 뭔가 크게 오해하고 계십니다. 사람을 상대로 보증을 서는 게 아니라 서로의 신뢰를 바탕으로 인간띠를 만든 겁니다. 저희는 설령 돈을 못 갚는다고 해서 그들의 재산이나 돈을 함부로 빼앗진 않습니다. 대신 서로 믿을 만한 사람들끼리 팀을 이뤄서 최대한 빨리 돈을 갚을 수 있도록 도와주는 시스템을 갖고 있을 뿐입니다. 그래야 서로 책임감도 생기고 열심히 살아갈 삶의 이유도 생기는 법이니까요. 이자가 높다고요? 천만에요. 여러분이 운영하는 은행들의 이자보다 훨씬 낮죠."

은행 지점장들은 다시 유누스를 공격하듯이 쏘아붙였다.

"그런데 솔직히 그라민 실험 은행이 이렇게 크게 성공한 것은 유누스 총재가 있었기 때문 아닌가요? 이 은행에서 당신만 빠지면 아마 그라민 실험 은행은 무너질 텐데요."

유누스는 계속 은행장들의 말을 듣고 있자니 어이가 없어 한숨이 절로 나왔다.

"가난한 사람들에게 돈을 빌려 드린 건 물론 접니다. 하지만 그들이 자립을 한 건 순전히 그들 스스로가 해낸 겁니다. 그라민 실험 은행의 시스템만 갖춰져 있다면 제가 있든 없든 상관 없단 얘깁니다."

유누스는 직원에게 그동안 가난한 마을을 돌아다니면서 기록한 장부를 가져오게 했다. 오래된 캐비닛 안에서 낡고 두꺼운 파일을 꺼내왔다. 유누스는 직원이 건네준 두꺼운 파일 위에 앉은 먼지를 툴툴 털어내며 장부를 펼쳐 보였다.

"자, 똑똑히 보십시오."

은행 지점장들은 눈을 크게 뜨고 장부 안에 기록한 것들을 직접 확인했다.

장부 안에는 돈을 빌려 간 날짜부터 갚아 나가는 날짜까지 꼼꼼히 적혀 있었고 가난한 사람들이 자립하게 되면서 갖게 된 대나무 의자 판매, 라디오 부품 수리 등의 직업들이 자세하게 적혀 있었다. 지점장들은 그제야 별거 아니었다는 듯이 물러섰다. 은행 지점장들은 문을 나서면서 유누스와 직원들 등 뒤로 또 한 번 엄포를 놨다.

"지금 밖에 나가 보시오. 당신네들 은행에 대해 얼마나 많은 소문들이 돌고 있는지."

★

유누스는 직원들과 다카 시내 한복판을 돌아다녔다. 가로수 밑, 학교 근처, 각종 상점 앞으로 붉은 전단지들이 깔려 있었다. 유누스는 바람에 나부끼는 붉은 전단지를 집어 들었다. 전단지 안에는 〈그라민 실험 은행의 진실!〉이라는 표어 아래 그라민 실험 은행을 험담하는 각종 글들이 쓰여 있었다. 가난한 사람들이 서서히 자립해 나가자 이를 시샘한 사람들이 그라민 실험 은행을 비방하는 전단지를 뿌린 것이다. 유누스는 전단지를 들고 그대로 바닥에 주저앉았다.

"유누스 총재님, 기운 내세요! 저희가 있잖아요."

은행 직원들은 기운이 빠진 유누스를 위로했다.

하지만 집으로 돌아온 유누스는 계속 잠을 설쳤다. 거실에 조명을 켜고 경제 서적을 집어 들었다. 책장을 넘길 때마다 글자 위로 하나 둘씩 가난한 사람들의 얼굴이 떠올라 좀처럼 내용에 집중할 수 없었다.

'나 때문에 그동안 고생한 가난한 사람들마저 욕을 먹으면 어쩌지. 역시 가난한 사람들을 위한 은행이 갈 길은 너무 멀구나.'

유누스는 자신보다도 그라민 실험 은행을 둘러싼 안 좋은 소문들 때문에 이제 겨우 자립해 새 삶을 살아가는 사람들이 마음에 상처를 입을까 걱정이 앞섰다. 서서히 그라민 실험 은행은 늘어나고 있었지만 말 그대로 아직까지는 실험적인 은행에 머무르고 있는 단계였다. 정식 출범을 하기에는 갈 길이 멀었다. 거실 의자에 쪼그리고 앉아 한참을 고민하던 유누스는 그대로 잠이 들었다.

은행 지점장들이 그라민 실험 은행을 다녀간 이후로 유누스는 머릿속이 복잡했다. 유누스의 심정을 누구보다도 잘 알고 있던 은행 직원들과 마을 사람들은 스산한 바람이 부는 마을 공터에 모여 앉았다.

"그동안 유누스 선생이 우릴 위해 애쓰셨으니 이번엔 우리가 유누스 선생을 도와야 할 때인 것 같아요."

공터에 모인 사람들 중 가장 나이가 많아 보이는 여자가 굳은 각오를 하듯이 말했다. 목소리엔 강한 힘이 들어갔다.

"요즘 떠돌고 있는 안 좋은 소문들을 다 알고는 계시죠? 우리가 그 소문들의 진실을 밝힙시다!"

사람들 중 제일 어려 보이는 여자가 사리로 얼굴을 가린 채 수줍게 말했다.

"우리가 어떻게 소문을 없앨 수 있죠?"

한참 동안 뭔가를 고민하던 나이 많은 여자가 좋은 방법이 떠오른 듯한 표정을 지었다.

"우리가 마을마다 돌아다니면서 진실을 알리는 소문을 내면 돼요. 우리야 말로 가난에서 벗어난 산 증인이니까요. 그리고 우리가 글을 조금 아니까 〈그라민 실험 은행의 진짜 진실〉이라는 제목의 전단지를 직접 만들어 뿌리는 거 어때요?"

사람들은 다들 좋은 방법이라며 뛸 듯이 기뻐했다. 다음 날부터 여자들은 조브라 마을이며 다카 시내 한복판을 돌아

다니면서 사람들에게 그라민 실험 은행은 절대 나쁜 곳이 아니라는 소문을 다시 퍼트리기 시작했다.

"여러분, 여기 이 빨간 전단지는 다 거짓말입니다. 그라민 실험 은행은 절대로 나쁜 은행이 아니에요. 지독한 가난을 벗어난 저희가 바로 증인입니다."

매일 거리 한복판에서 사리를 걸친 여자들은 목청 높여 사람들을 향해 소리쳤다. 거리의 진봇대며 간판 위에 붙어 있던 괴소문 전단지를 떼어내고 자신들이 직접 쓴 전단지를 다시 붙였다. 글자가 삐뚤하고 어색했지만 자신들이 직접 만든 전단지를 보니 뿌듯하기도 했다. 사람들도 어느새 그라민 실험 은행을 비방하는 붉은색 전단지 대신 은행 직원들이 직접 만든 전단지에 눈길이 가기 시작했다.

따르르릉.

자나타 은행 지점장이 식사를 끝낸 후 커피 잔을 들고 지점장실 안으로 들어서는데 전화벨이 울렸다.

"네, 자나타 은행입니다."

"이보시오, 자나타 은행 지점장님, 당신들이 그라민 실험 은행에 대해 괴소문을 퍼트린 거 맞죠? 앞으로 한 번만 더 그런 거짓 소문을 함부로 퍼트리면 가만 안둘 거요."

남자 고객이 흥분해 씩씩대면서 거세게 항의를 했다. 은행 지점장은 놀란 나머지 책상 위에 놓여 있던 커피 잔을 넘어뜨려 커피를 쏟고 말았다.

거리엔 더 이상 그라민 실험 은행에 대한 괴소문이 적힌 붉은 전단지가 뿌려지지 않았다. 그라민 실험 은행에 대해 험담을 하는 사람들도 줄었다. 다카 거리는 평소처럼 릭샤를 끄는 상인들로 분주했다. 유누스는 거리를 돌아다니면서 평소와 다른 분위기에 조금 놀랐다.

'이게 어찌 된 일이지? 갑자기 괴소문들이 사라졌네?'

유누스와 함께 길을 걷던 직원은 잠시 걸음을 멈추고 좌우로 사람들 시선을 살핀 후, 유누스 귀에 대고 속삭였다. 직원 말을 들은 유누스는 가던 발걸음을 멈췄다.

'글도 잘 읽을 줄 모르는 사람들이 그라민 실험 은행을 위해 이런 노력을 하다니……'

이제껏 유누스의 도움을 받았던 그들이지만 이제는 세상의 부당함을 해결하기 위해 당당히 나설 수 있을 만큼 성장해 있었다. 사람의 신뢰만을 담보로 시작된 그라민 실험 은행 프로젝트는 주변의 걱정과는 달리 원금을 98%까지 돌려받았다.

　마침내 1983년 10월 2일, 정부 단체와 중앙은행들은 그라민 실험 은행의 모든 업적을 공식 인정했고, 이름에서 '실험'을 뺀 '그라민 은행'으로 정식 출범하게 되었다.

노벨평화상을 수상하다

"사회보장제도가 잘 되어 있는 나라이거나, 그렇지 못한 나라든
가난의 문제들은 하나같이 비슷했습니다. 저희 그라민 은행 제도는
가난한 사람들에게 희망이 되어 뻗어 나갔습니다. 이 노벨평화상 수상이
누구나 담보 없이 돈을 빌릴 수 있는 계기를 앞당겼으면 좋겠습니다."

날이 어두워지자 유누스는 시카고의 한 호텔에 짐을 풀
었다.

유누스는 그동안 그라민 은행 프로젝트가 활기를 띠자 이
번에는 가난으로부터 고통 받고 소외당하고 있는 전 세계
여러 나라에 도움을 주고 싶었다. 그라민 은행 프로젝트는
얼마 전 아프리카에서도 성과가 있었다. 그럼에도 불구하고
세계 여러 나라의 전문가들은 여전히 전 세계의 경제적 빈
곤 기준이 다르므로 그라민 은행은 방글라데시에서만 적용

가능하다고 생각했다. 미국이나 유럽처럼 사회보장제도가 발달한 나라는 불가능하다고 믿고 있었다.

'도대체 가난한 사람들에 대한 편견을 언제까지 증명해 보여야 하는가.'

유누스가 세상과의 편견을 깨는 건 쉽지 않았다. 이제는 방글라데시를 넘어 전 세계의 편견과 맞서 싸워야 한다고 생각하니 머리가 아팠다. 이런저런 고민을 하는 사이 어느새 도시의 밤 거리는 하나 둘씩 불빛들이 밝혀졌다.

그동안 유누스는 그라민 은행 일에 몰두한 나머지 첫 번째 부인과 이별해야 하는 아픔을 겪었다. 그럴 때마다 다른 가족들은 항상 그의 곁에서 든든한 버팀목이 되어 주었다. 그러는 사이 지금은 또 다른 사랑이 찾아와 유누스를 따뜻하게 보듬어 주고 있었다. 유누스는 그런 가족들을 생각하니 다시 힘이 나기 시작했다. 유누스는 여러 가지 고민들을 하면서 침대 속으로 들어가 깊숙이 몸을 웅크렸다.

다음 날, 유누스는 미국 시카고의 빈민층이 모여 사는 동네로 향했다. 세계 제 1의 경제대국이자 사회보장제도가 비교적 잘 돼 있는 미국에 그라민 은행 프로그램을 적용시켜 보기 위해 나선 것이다.

시카고의 브로드웨이는 아침부터 밤늦게까지 화려한 공연들을 보기 위해 전 세계에서 몰려든 관객들로 가득했다. 도시 전체가 축제 분위기였다. 그러나 여기서 불과 몇 미터 안 떨어진 지역에는 미국의 최대 빈민 지역인 이글우드가 자리 잡고 있었다. 풍요 속에 감춰진 빈곤의 모습들이 속살을 드러내고 있었다. 낡은 고층 건물은 파이프관이 녹슨 채로 오랫동안 방치돼 있었고 낡은 자물쇠가 걸린 공장 안에서는 먼지가 수북이 쌓인 주인 없는 기계만이 흉흉하게 남아 있었다. 유누스는 미국 빈민가의 모습이 낯설었다.

탕! 탕! 탕!

대낮인데도 불구하고 이따금씩 총소리가 들려왔다. 그 총소리는 내란 때문에 테러가 빈번했던 방글라데시의 현실과는 사뭇 달랐다. 순식간에 세 발의 총성이 도시 전체에 울렸다. 유누스는 반사적으로 거리 바닥에 몸을 바싹 엎드렸다. 엎드려 있던 유누스의 머리 위로 아이들 여러 명이 난폭하게 운전을 하면서 지나갔다. 이글우드에서는 낮에도 마음

편하게 거리를 걸어다닐 수가 없었다.

거리 곳곳의 좁은 골목마다 깨진 술병들과 쓰레기들이 가득했고 지저분한 거리에서는 악취가 진동했다. 사람들은 누더기 옷을 아무렇게 기워 입고 온종일 바닥에 쭈그리고 앉아 구걸을 하고 있었다. 그들은 매일 거리에서 자고 거리에서 일어나며 거리에서 밥을 먹었다.

"여긴 내 구역이야! 꺼지란 말이야!"

"여긴 원래부터 내 자리였다고."

날이 어두워지자 잠을 청하기 위해 사람들은 종종 자리 싸움을 벌였다. 심한 경우 욕설이 오가고 폭력을 휘두르는 경우도 많았다. 주민의 절반 이상이 극빈층에 속해 있다 보니 도시는 그야말로 무법천지였다. 유누스는 치안도 불안한 지역에 무방비 상태로 들어가 자신을 필요로 하는 사람들을 돕기 위해 이곳저곳을 누비며 다니고 있었다. 유누스는 처음으로 방글라데시에서는 느껴보지 못한 공포를 느꼈다.

그런데 오래된 관공서 건물 아래로 길게 늘어선 줄이 보였다. 낡은 옷들을 입고 서로 앞 사람과 밀치기와 새치기를 하느라 정신이 없었다. 유누스는 좀 더 가까이 다가가 보기로 했다. 그곳은 가난한 사람들을 상대로 빚이 있는 사람들에게 대출금도 없애 주고 직업도 소개시켜 주는 곳이었다.

사람들은 다 쓰러져가는 건물 1층 창구에 너나 할 것 없이 손을 내밀어 서로 상담을 받으려고 애를 썼다. 누더기 옷을 입은 건 거리의 사람들과 별반 다르지 않았지만 그래도 이곳에 몰려든 사람들은 삶의 의욕이 있어 보였다.

"자, 똑바로 줄을 서란 말이에요. 자꾸 이러면 오늘 상담 다 못 합니다!"

사람들이 서로 상담을 받으려고 아우성을 치자 참다 못한 상담실 직원이 창구 밖으로 나와 소리쳤다. 곧 조용해지자 다시 상담이 이어졌다. 유누스는 사람들 옆에 가서 서류를 작성하는 것을 눈여겨보았다. 그런데 상담을 한 후 사람들은 저마다 창구 앞 상담 직원에게 3달러를 지불하는 것이었다. 유누스는 상담을 마치고 돌아 나오는 여자에게 물었다.

"상담을 해 주는데 왜 3달러를 지불해야 하나요?"

여자는 의아한 눈빛으로 자신을 바라보는 유누스에게 말했다.

"그걸 왜 우리한테 물어요? 정부 보조금 나오는데 상담비 정도는 우리가 내야죠."

방글라데시에서는 무료로 상담을 해 주었다. 심지어 그라민 은행 수익의 일부를 다시 가난한 사람들의 집을 짓거나 교육, 의료 서비스에 사용했다. 그런데 이곳에서는 정부에서 운영하는 빈민자를 위한 상담실마저 돈을 받고 있었다. 그것도 방글라데시의 현실과 비교하면 제법 큰 액수의 돈이었다. 방글라데시에서는 3달러 정도면 대출을 하고도 충분히 남을 액수였다. 여자의 말을 듣고 나니 유누스는 더욱더 궁금증이 생겼다. 참다못해 다시 상담실 직원에게 다가갔다.

"자, 아저씨는 뭘 상담하러 오셨어요?"

유누스는 좁은 창구 앞으로 고개를 들이밀면서 상담 직원을 향해 물었다.

"전 상담하러 온 건 아니고 궁금한 게 있어서요. 왜 빈민자들에게 상담을 해 주면서 돈을 받습니까?"

창구 안에 있던 상담 직원은 황당하다는 듯이 유누스를 빤히 쳐다봤다.

"상담을 하면 대출금이나 신용카드가 발급되는데 그 정도 비용은 내셔야죠!"

상담 직원은 사무적인 목소리로 딱딱하게 대답했다.

이곳의 가난한 사람들은 대부분 정부 보조금으로 생활했다. 정부 보조금이 떨어지면 상담을 다시 해서 사회가 주는 복지 혜택을 누릴 수 있었다. 그러나 그 돈마저 모자라면 이 지역을 누비며 약탈을 일삼는 강도로 돌변했다.

유누스는 순간 정부 보조금이나 사회복지에만 의지하는 저 사람들이 자립할 수 있도록 돕고 싶었다. 유누스는 이곳이 황량한 무법천지 같았지만 이곳이야말로 미국의 복지 제도가 손을 뻗을 수 없는 사람들이 많아 그라민 은행이 분명 도움이 될 것이란 확신이 들었다. 유누스는 곧장 마을 인근의 사회복지 단체를 찾아갔다. 그곳은 콘크리트 벽돌로 반듯하게 지어진 4층짜리 건물이었다.

"계십니까?"

유누스가 노크를 하자 커다란 금테 안경을 쓴 사회복지 단체 직원이 나와서 유누스를 아래위로 훑어봤다.

"무슨 일로 오셨는데요?"

"네, 이 마을의 가난한 여성들에게 도움을 주고 싶어 찾아왔습니다."

유누스는 사무실 안으로 들어가 직원에게 자신이 구상하고 있던 무담보 소액대출에 대해 자세하게 설명했다. 그러나 직원은 곤란하다는 표정을 지으며 고개를 갸웃거렸다.

"그런 빈민들에게 돈이 왜 필요하나요? 뭔가 이 나라 실정을 모르시나본데요. 그 정도는 가난한 사람들에게 시행되고 있는 사회보장제도만으로도 충분합니다. 이미 그 제도 안에 직업 훈련이나 의료 혜택을 지원해 주고, 하물며 주택 문제도 해결되는데 굳이 돈을 대출해 주실 필요는 없을 거 같아요."

묵묵히 직원 말을 듣고 있던 유누스는 사무실 창 밖으로 고개를 돌렸다. 그곳에는 학교에 갈 시간인데도 불구하고 남자 아이 여러 명이 모여 축구를 하고 있었다. 유누스는 다시 고개를 돌려 직원에게 말했다.

"그렇게 되더라도 가난한 사람들은 돈이 떨어지면 또 다시 정부 보조금에만 의지한 채 살아갈 텐데 그 이후엔 어떡하실 건가요?"

직원은 답답하다는 듯이 말했다.

"유누스 총재님, 당신의 명성은 이미 익히 들어 알고 있지만 여긴 방글라데시가 아니라 미국입니다. 사회보장제도를 이용하는 것도 개개인의 몫이고요. 저희는 제도를 이용하려는 사람들에게 도움을 주면 되는 겁니다. 그 이후에 그들의 삶은 다 각자 개인의 몫이죠. 저희가 그런 것까지 책임을 져야 하나요?"

유누스는 어느 정도 이런 반응을 예상하고 있었다. 하지만 가난한 사람들에게 정작 필요한 것은 사회보장제도가 아니라 가난한 삶을 딛고 일어설 수 있는 의지라는 걸 알려주고 싶었다.

유누스는 사무실에서 나와 거리를 걸었다. 공원에는 악취가 진동하는 쓰레기더미들이 스산한 분위기를 만들어 내고 있었다. 이대로 자신의 뜻을 굽히고 방글라데시로 돌아갈 순 없었다. 유누스는 마음을 다잡고 자신을 필요로 하는 사람들을 찾아 나섰다.

1988년, 유누스는 처음으로 빈민가의 융자를 받고 싶어

하는 여자들에게 풀 서클펀드를 시행하기로 마음먹었다. 다섯 명의 회원들이 모여서 가난을 벗어나고 싶은 의지가 확인되면 곧바로 개인에게 300달러에서 1,500달러 사이의 융자를 주는 방식이었다. 유누스는 그 다음 날부터 더욱 열심히 발품을 팔아 거리를 돌아다녔다.

금방이라도 무너질 것 같은 고층빌딩 사이로 스산한 바람이 불어왔다. 주변엔 찌그러진 페트병이나 가구들이 유령처럼 서 있었다.

유누스는 으슥한 골목에 두세 평방미터 남짓한 공간을 확보하고 그곳에 그라민 은행을 열었다. 처음에 빈민가 사람들은 유누스를 그저 근처에 사는 노숙자처럼 생각했으나 시간이 지나면서 그곳이 가난한 사람들을 위한 은행이라는 사실을 알았다.

어느 날, 복면을 쓴 세 명의 사내가 유누스가 있는 그라민 은행 안으로 들이닥쳤다. 사내들은 유누스의 등 뒤에서 강하게 팔을 꺾고 총을 들이댔다.

"가진 거 다 내놔. 안 그럼 쏜다!"

유누스는 갑작스런 사내들의 등장에 무서웠지만 이럴수

록 침착하게 대응해야 한다고 판단했다.

"나를 털어봤자 돈이 얼마 안 나올 거요. 당신들 나라에 선 이 돈으로 할 수 있는 게 별로 없을 텐데……. 대신 나를 살려 준다면 당신들에게 담보 없이 돈을 빌려 주리다."

복면을 쓴 사내들은 유누스가 무슨 말을 하는 건지 알아 들을 수가 없었다. 그 중 한 명이 말했다.

"지금 이 양반이 사람 가지고 장난하나!"

유누스는 다시 떨리는 음성으로 복면을 쓴 사내들을 향해 설득력 있게 말을 걸었다.

"나는 방글라데시에서 온 유누스라고 하오. 그라민 은행 을 운영하고 있죠. 여러분처럼 가난한 사람들을 상대로 담 보 없이 돈을 빌려 주고 있어요."

사내들은 허름해 보이는 그라민 은행 안을 재빠르게 둘러 보고는 비꼬듯이 말했다.

"세상에 공짜로 돈을 빌려 주는 곳이 어디 있어? 그런 곳 이 있었다면 우리가 이러고 살 거 같아?"

복면을 쓴 사내들은 세상에 대해 날카롭고 냉소적인 목소 리로 대답했다. 유누스는 다시 끈질기게 사내들을 설득했다.

"딱 한 달만 지켜봅시다. 내가 당신들에게 대출을 해 주고 당신들 삶이 어떻게 바뀌는지."

그래도 사내들은 유누스의 말을 무시하고 유누스의 목숨만 남겨둔 채 은행 안에 들어 있던 돈을 가지고 도망갔다.

그 후에도 유누스는 난봉꾼들과 강도가 날뛰던 무방비 빈민 도시를 해가 저물도록 돌아다니면서 담보 없이 돈을 빌려 준다고 소리쳤다. 그러나 사람들은 다 쓰러져 가는 집 앞 작은 문틈으로 유누스의 행동만 살펴볼뿐이었다.

"똑똑! 아주머니 담보 없이 돈을 빌려 드립니다."

문틈으로 고개만 살짝 내민 아주머니가 유누스에게 말을 걸었다.

"그게 정말인가요? 정말로 무료 상담에 담보가 없다고요?"

"네, 그렇습니다. 당신이 지금 얼마나 가난한지만 입증되면 돈은 필요한 만큼 대출할 수 있습니다."

아주머니는 정부 보조금이 떨어져서 또 상담 신청을 하려고 했는데 담보가 없다고 하자 귀가 솔깃했던 것이다.

이렇게 해서 이글우드의 가난한 사람들은 그라민 은행을

통해 담보 없이 돈을 빌려 갈 수 있었다. 그라민 은행에서 돈을 빌려 간 사람들은 원칙대로 저마다 팀을 이루어 대출란에 그들이 돈을 빌려 가 처음 시작한 일들을 차례로 적었다. 사람들은 그라민 은행의 돈과 정부 보조금을 번갈아 사용하며 자신들이 하고 싶은 일들을 하나 둘씩 이루기 시작했다.

가난한 사람들은 약간의 여유 자금이 생기자 그 돈을 불려 좀 더 생산적인 일을 할 수 있었다. 제일 먼저 돈을 빌려 간 에이미씨는 그라민 은행에서 빌려 간 돈으로 좌판에 수공예 재료를 사다가 액세서리 장사를 시작했다.

"담보가 없다 보니 액세서리를 많이 팔아 남는 수입으로 저축도 하고 이제는 정부의 지원 없이도 자립할 수 있어서 아주 행복해요."

에이미씨는 얼마 뒤 거리의 좌판 대신 자신의 이름을 딴 에이미 액세서리 가게를 열었다. 그녀의 가게는 할리우드의 배우가 찾을 정도로 자리를 잡아 갔다. 그 외에도 그라민 은행에서 담보 없이 돈을 빌려 바구니나 카세트를 판매하면서 스스로 돈을 벌 수 있는 사람들이 늘어났다. 사람들은 몇 년 전에 비해 넉넉한 수익을 내면서 살게 되었다. 정부 지원금이 필요한 가난한 사람들에게 담보 없이 돈을 빌려 주자 그들은 그 종자돈을 가지고 자신이 하고자 하는 일을 시작했다. 돈이 남다보니 저축을 하는 계획성도 생기고 전에는 정부 보조금만 받고 술과 마약에 빠져 살던 사람들이 이제는 스스로의 삶을 능동적으로 이끌게 됐다. 며칠 후, 그라민 은행 앞으로 20내의 건강하고 씩씩해 보이는 사내 셋이 케이크에 촛불을 밝혀 가지고 마을 사람들과 함께 찾아왔다.

"아니, 젊은이들은 어쩐 일인가?"

사내들은 유누스를 보자 미안해하며 눈물을 흘렸다.

"저희가 그때는 몰라봐서 죄송했습니다."

알고 보니 전에 그라민 은행에서 강도짓을 해서 돈을 훔쳐간 젊은이들이 새로운 삶을 찾게 돼 유누스를 찾아온 것이었다. 사내들 등 뒤로 마을 사람들이 여러 명 있었다.

"감사합니다. 유누스 선생, 선생 덕분에 저희는 새 삶을 찾게 됐어요."

★

숲과 마약으로 찌들었던 거리에 이젠 맛있는 주스를 파는 상점이 들어서고 오래되고 낡았던 건물은 페인트를 새로 칠해 새 건물이 되어 있었다. 사회보장제도가 잘 돼 있는 나라에서는 가난한 사람들이 국가의 사회복지 기금에 기대다 보니 돈이 얼마나 필요하고 어떻게 쓸지조차 생각하지 못했다. 또한 스스로 뭔가를 시도해 볼 생각조차 하지 못했다. 그런데 그라민 은행 제도를 적용해 본 결과 방글라데시에서처럼 좋은 결과를 얻을 수 있었다. 새롭게 변한 도시와 사람들의 활기찬 모습을 보면서 유누스는 또 한 번 기적을 이루었다고 생각하니 마음이 뿌듯해졌다.

미국의 빈민가를 유누스가 하나 둘씩 구제하는 것을 보고 미국의 여러 시민사회 단체가 그라민 은행 제도를 적극적으로 활용하게 되었다. 그라민 은행 제도가 확대됨에 따라 400명이 넘는 극빈자들을 돕는 자원 봉사자들로 구성된 리절츠 단체도 만들어졌다.

결국 1989년 전 세계가 새로운 무담보 소액대출 은행을 권장하기 위한 재단으로 그라민 트러스트가 출범해 전 세계 각국으로 널리 퍼져 나가게 되었다. 현재 세계 가난을 퇴치하려는 여러 나라들을 상대로 1년에 네 차례에 걸쳐 '그라민 재단 국제 대화 프로그램'을 운영하고 있다. 낡은 악습이 존재하는 아프리카, 탄자니아, 인도, 눈 덮인 안데스 산맥에도 그라민 은행 제도는 희망의 꽃이 되어 주었다. 전 세계적으로 58개 국가가 그라민 은행의 융자 프로그램을 채택하고 있다.

그라민 은행의 무담보 소액대출 제도가 전 세계적으로 성과를 거두자 세계 각계에서 뜨거운 반응과 함께 원조를 해 주겠다는 단체들이 늘어났다.

1995년 어느 겨울, 방글라데시 정부종합청사 안에 마련된 국빈관에서는 열띤 토론이 오가고 있었다. 양복을 입은 열두 명의 국제은행에서 보낸 사람들 사이에 작은 체구에 전통 민속 의상을 입은 한 중년의 남자가 눈에 띄었다. 그는 유누스에게 봉투를 내밀며 말했다.

"유누스 총재님, 우리가 준비한 17억 5천만 달러의 자금을 일단 받아 두세요. 우리는 이 돈에 대해서 뭔가를 바라는 게 아닙니다. 그저 받아 두고 나중에 필요할 때 쓰시면 됩니다."

그러나 유누스는 입술을 굳게 다문 채 단호했다. 그리고 국제은행 관계자에게 말했다.

"우리가 그 돈을 쓰지 않더라도 국제은행으로부터 돈을 받으면 도움을 받은거나 마찬가지가 됩니다. 나중에 우리가 어떤 일을 하더라도 국제은행은 부담이 되는 존재가 될 겁니다."

그러자 또 다른 국제은행 관계자가 답답하다는 듯이 넥타이를 한 손으로 느슨하게 풀면서 말을 이었다.

"하지만 총재님, 은행에서 돈을 빌려 가는 대부분의 사람들은 가난한 사람들이라는 걸 명심하세요. 언제까지 이렇게 유지되리라 보십니까?"

"네, 그래서 더 안 받겠다는 겁니다. 그라민 은행에서 돈을 빌려 가는 사람들은 하루 1달러도 안 되는 돈으로 생활을 하는 사람들입니다. 그런 분들에게 이런 국제은행의 돈은 차후에 이들에게 엄청난 빚이 됩니다. 이렇게 독립적인 은행이 되기까지 수십 년이나 걸렸습니다. 저희가 지금 이 돈을 받으면 저희는 자선단체로 전락해 버릴 겁니다. 그러니 말씀을 그만 거두어 주시지요."

국제은행 관계자는 할 수 없다는 듯 지친 목소리로 말했다.

"총재님의 뜻을 잘 알겠습니다. 짐작은 했지만 이렇게 단호하리라고는 미처 생각지 못했습니다."

유누스는 다시 한 번 강조하면서 대답했다.

"계속 독립적인 기관으로 거듭나도록 지켜봐 주세요. 지금 가난한 사람들에게 필요한 건 큰돈이 아니라 석더라도 꼭 필요한 돈입니다. 그라민 은행은 번 돈의 일부를 교육이나 의료 서비스 등 주민들 복지에 쓰고 있어요. 지금 상황으로도 충분히 가난한 사람들에게 돈을 빌려 줄 수 있습니다. 그래서 그들이 갚을 능력이 된다는 사실도 꾸준히 보여 드릴 것입니다."

네 시간 동안 진행된 만남은 이것으로 끝이 났다. 유누스는 이렇게 마지막 말을 마치고는 맨 먼저 문을 열고 당당히 걸어 나갔다. 오랜 시간에 걸친 회의라 몸은 지쳐 있었지만 발걸음은 그 어느 때보다도 가벼웠다.

정부종합청사 밖으로 나오자 차가운 칼바람이 유누스의 옷깃을 스쳤다. 날씨는 추웠지만 유누스의 마음은 구름 한

점 없는 하늘처럼 해맑아졌다.

★

그라민 은행은 재정적으로 쑥쑥 성장하며 자립하면서 그라민 폰과 그라민 텔레콤을 건립해 4천 명이 넘는 직원들에게 일자리를 제공해 주었고, 1997년 체세적인 교육 프로그램을 보급하기 위해 그라민 쉬카도 설립했다. 2006년까지 그라민 은행에서 대출해 자립에 성공한 여성들은 660만 명에 이르고 제공된 액수는 60억 달러에 이른다. 그라민 은행은 방글라데시의 7만 2천 개의 마을에서 2천2백 개의 지점과 1만 9천여 명의 직원들을 두고 있다. 유누스는 전 세계 빈곤층에게 무담보 소액대출을 통해 빈곤을 탈출함으로써 자립할 수 있는 혁신적인 경제 제도인 마이크로크레딧의 공로를 인정받았다.

UN은 2005년을 '세계 마이크로크레딧의 해'로 지정하고, 2006년 12월 10일 그라민 은행과 유누스가 공동으로 노벨 평화상을 수상했다.

시상식장 안은 그라민 은행 총재인 유누스를 보기 위해 몰려든 사람들로 인산인해를 이루었다. 이슬람 민속 의상을 차려입은 유누스가 시상식장 안에 모습을 드러내자 좌석에 앉아 있던 세계 각계각층 전문가들이 자리에서 일어나 일제히 기립박수를 쳤다.

유누스는 단상 위로 당당히 올라갔다. 여기저기서 세계 외신 기자들이 카메라의 플래시를 터트렸다. 그동안 가난과 사회적 편견에 맞서 싸워 견뎌낸 세월들이 가슴 깊숙이 파고 들었다.

유누스의 노벨평화상 수상 소식을 들은 방글라데시의 조브라 마을 사람들은 회관 안에 있는 텔레비전 앞으로 몰려들었다. 뒤늦게서야 소식을 전해들은 사람들은 맨발로 달려오기도 했다. 텔레비전으로 유누스의 노벨평화상 수상식을 지켜보는 사람들 중에서는 눈물을 훔치면서 코를 훌쩍였다.

시상식 단상 위에 올라간 유누스는 한동안 말을 잇지 못했다.

유누스의 눈시울이 붉어졌다.

그리고 잠시 후 트로피를 높이 들어올려 눈물어린 수상

소감을 밝혔다.

"저는 우선 이 상을 지금까지 빈곤 속에서도 희망을 잃지 않고 스스로의 삶과 용감히 싸워 준 그라민 식구들과 제 가족들, 그리고 가난과 함께 저와 동거동락한 사람들에게 바치고 싶습니다. 가난은 빈민들의 게으름이나 무능함 때문이 아니라 이들이 독립할 수 있는 기회를 박탈당하는 거대한 남보 대출 같은 제도가 가로막고 있기 때문에 찾아옵니다.

가난한 사람들에게 정작 필요한 건 사회 정책이나 제도에 기대는 것이 아니라 가난을 탈출하려는 삶에 대한 강한 의지와 계획성을 세울 수 있도록 자립의 기회를 제공해 주는 것입니다. 지금 현재에도 마이크로크레딧은 각국으로 퍼져 나가고 있지만 전 세계 인구의 3분의 2가 여전히 은행 문턱에도 못가는 게 현실입니다.

인간은 또 가난을 충분히 탈출할 수 있는 잠재력이 있는 존재이므로 삶에 대한 강한 의지와 희망의 끈을 끝까지 놓지 않는다면 머지않아 이 지구상에서 영원히 가난을 퇴출시킬 수 있는 날이 오리라고 믿습니다. 이 노벨평화상이 가난으로부터의 평화를 가져오는 날을 앞당기는 계기가 되었으

면 합니다."

유누스는 노벨평화상으로 수상한 상금 전액을 모두 방글라데시의 식품 회사와 안과 병원을 설립하는 데 쓰겠다고 밝혔다.

신용은 모든 사람의 권리라며 신용을 담보로 가난한 사람들을 빈곤으로부터 벗어나게 해 주었던 무하마드 유누스, 어느 날 방글라데시의 작은 마을에서 시작된 가난한 사람들을 위한 은행은 세계의 편견에 맞서 언어, 인종, 종교의 벽을 허물며 이 지구상에서 가난으로부터의 진정한 독립이자 평화의 상징이 되었다.

그가 보여준 불굴의 의지는 가난한 사람들에게 인간을 향한 존엄성과 가치를 뛰어넘어 세상과 맞설 용기와 희망도 함께 안겨 주었다.

그의 정신이 깃든 그라민 은행 제도를 이어받아 국내에서도 2000년 '신나는 조합'이 출범한 뒤 2002년에는 사회 연대 은행이, 2003년에는 아름다운 재단의 아름다운 세상 기금이 설립됐다.

2010년에는 미소금융 사업으로 확충되어 여러 기업이 후원하고 있다.

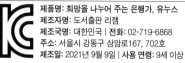

제품명: 희망을 나누어 주는 은행가, 유누스
제조자명: 도서출판 리젬
제조국명: 대한민국 | 전화: 02-719-6868
주소: 서울시 강동구 상암로167, 702호
제조일: 2021년 9월 9일 | 사용 연령: 9세 이상
• KC마크는 이 제품이 공통안전기준에 적합하였음을 의미합니다.

⚠ 주의 아이들이 책의 모서리에 다치지 않게 주의하세요.

꿈을 주는 현대인물선 5

희망을 나누어 주는 은행가, 유누스

1판 1쇄 발행 2010년 1월 25일
1판 24쇄 발행 2021년 9월 9일

글쓴이 박선민 | 그린이 이기훈
펴낸이 안성호
편집 이소정 | 디자인 황경실
펴낸곳 리젬 | 출판등록 2005년 8월 9일 제 313-2005-00176호
주소 05307 서울시 강동구 상암로167, 702호
대표전화 02-719-6868 팩스 02-719-6262
홈페이지 www.rejam.co.kr
전자우편 iezzb@hanmail.net

© 박선민 © 이기훈

이 도서의 국립중앙도서관 출판예정도서목록(CIP)은 서지정보유통지원시스템 홈페이지(http://seoji.nl.go.kr)와 국가자료공동목록시스템(http://www.nl.go.kr/kolisnet)에서 이용하실 수 있습니다.
(CIP제어번호: CIP2010000131)

ISBN 978-89-92826-29-7